JN106997

虐（いじ）めをありがとう

真由
MAYU

文芸社

目次

虐（いじ）めをありがとう

第一章　母が嫁、祖母が姑だった頃

■やさしさと気遣い

時代は変われども、嫁姑問題はあったのかもしれない。私の母、祖母の場合も例外ではなかっただろうが、その頃、私はまだ子どもで、二人の確執を何も感じてはいなかった。

ある日、私は母と隣町の歯医者に行った。ぬれタオルを頬に当て、泣く私に、

「ゴメンネ！　お前たちが生まれる時は、食料が充分でなく、せめて卵だけでも食べて栄養をつけたかったけど、ばあちゃんが卵は売り物だから駄目だと言って、食べさせてくれなかったから、お前は歯も丈夫でなく、背も伸びなかったんだネー。ばあちゃんの目を盗んででも卵の一つや二つ食べればよかったんだね。ゴメンネ‼」

と、母は涙ぐんで言った。

びっくりした私は、「母ちゃんのせいじゃないよ。私がきちんと歯磨きしなかったからだよ。謝らなくていいよ」。そう言って、母の胸で泣いた。すると、母はちょっぴり安心した顔を見せ、「泣かないで治療できたら、いいもの買ってあげるよ」と。その言葉につられ、私は痛みに耐えた。

治療が終わると、母はいつの間に見つけたのか、バス停の近くの小さな雑貨屋へ。そこには小さな裁縫道具、足踏みミシン、小動物、人形、ままごとのセットなどが並べられていて、私は思わず「わあっー可愛い！」と叫んだ。小物の大好きな私は、治療の痛みなどすっかり忘れ、小躍りしていた。

私は迷いに迷って裁縫道具を選び帰ってから、祖母の所に飛んで行き、見せた。すると、祖母は、「お前の母ちゃんはやさしいネー」って、一緒に喜んでくれた。だから私は、長い間嫁姑問題などあったとは思ったこともなかった。卵のことだって、生活のために仕方がなかったんだと、祖母の気持ちも理解できる。

母が畑仕事で留守の時、祖母は、私にいろいろなことを教えてくれた。短くなった鉛筆を草刈り鎌で削っては、それを使って字も絵も教えてくれた。

祖母の父は画家で、有名な寺に絵を寄贈した。その寺には今でもその絵が飾ってあるという。私も多少はその血を引いていたのか。私の絵も、小学校でも中学校でも、玄関に飾られた。

ある日、学校の図書室で『白雪姫と七人のこびと』という本を見つけ、私はその絵本の真似をして描いて、クレヨンで色を付けた。祖母はそれを見て、「こんな小さい七人ものこびとの洋服に全部違う色を塗ったんだね!! 凄いねー」と、褒めてくれた。

またある時は、丸髷（まるまげ）という髪型をし、着物を着た女の人の絵を描きながら、「お前が二十歳になったら、丸髷を結ってあげるよ」が口癖だった。

ある日、祖母の背中が化膿して膿が出て、とても痛がっていた。病院は近くになく、病名も、治す方法も分からなかった。母は真っ白な割烹着を着けて、一生懸命ガーゼで膿を拭いてあげていた。その時、祖母は痛みで顔をしかめながら小さな声で「ありがとう」と言っていた。母は無言で頷いていた。

私の成人の日に丸髷を結ってくれるという約束も果たせず、まもなく祖母は逝った。八十年の命だった。

嫁姑の葛藤もあったと思うが、私には二人とも本当に優しく、怒られた記憶はない。祖母も母も両方とも正解だと思う。確執があった訳ではないだろう。

祖母が褒めてくれた絵は、大事に実家にしまってあったらしく、母は私が嫁ぐ時、嫁入り道具に入れてくれていた。

■初めてのドーナツ

ある日、私が学校から帰ると、母が粉だらけになって、何かを作っていた。興味津々の私は、母の前に立ってじいっと見入っていた。「何、作ってるの?」と、母に尋ねると、「ドーナツというおやつよ」と言う。私は何のことか分からずに、ただ母の手先を見ていた。初めて見る光景に、目が点になっていたと思う。

忙しい母がいつ覚えたんだろう？　そう言えば、この間、近所の集まりがあると言って出かけた日、珍しく帰りが遅かった。その時に習った？　当時は米も麦も果物も生活のための物だったので、売り物にならない小麦粉を水で練ってテーブルに広げている。それに湯飲み茶碗を被せてくり抜き、次に湯飲み茶碗の底を中央に置いてくり抜くと、タイヤのような形になった。それを自家製の菜種油で揚げていく。ジュワーッといって沈んでいたものが細かい泡と一緒に浮かんできた。

本当は卵と砂糖を入れたかったらしいが、「ばあちゃんの目が怖くて」と後に母が言っていた。それでも、私たち三人の子どもたちには、揚げたてのドーナツに少々の赤砂糖をまぶしてくれた。祖母の目を盗んで。そのスリルで余計に美味しさが増した。あの美味しさは、今でも昨日のことのように、すぐに思い出せる。

母はくり抜いた後の数センチの丸い部分や周りの切れ端を、いかにも美味しそうに頬を目いっぱい膨らませて、たくさん食べている振りをしていたことを、私は子ども心にも知っていた。

「朝(あした)に道を聞かば、夕べに死すとも可なり」（『論語』里仁）

第二章　学校での出来事

■虐(いじ)めの始まり

私は小学校の入学時、身長が一番低かったため、何をするにも最初にさせられ緊張の連続だった。そのため、あり得ないミスをたくさんした。特に、音楽の時間に教壇上で一番に歌わされた時は、足がガクガクと震えて倒れそうだった。挙げ句に歌詞を忘れ、皆に笑われてしまったりした。そんなことがあったものだから、歌まで嫌いになり、大人になっても人前で声を発することがトラウマになり、我が子の学校の役員になることすらできず、ずっと避けてきてしまった。

私が十代の頃は、背が低いということで虐められても、背が伸びるなどという情報は皆無だったため、私は悶々とする日々を送っていた。

進学した中学校は、近隣の小学校からも多くの子どもたちが入ってきた。その時私は、「バスケット部に入ってみよう。バスケットボールをやれば身長が伸びるかもしれない」と、思い込み入部した。幸いにしてバスケ部には、同じ小学校の友だちは誰も入らなかった。ラッキー‼　やっと自由に楽しめると思い、伸び伸びと部活に励めた。

私は小さい体を駆使して、相手の脚の間に屈んでボールを取り、悉くシュートを決めた。するといつの間にか、皆から注目されるようになっていった。

試合中、ふと応援団席に目をやると、小学校で私を虐めた友だちも拍手をしてくれているのが見えた。ありがとう。皆のお陰だよ。

「逆境に礼を言う」（『覚悟の磨き方　超訳 吉田松陰』）

■先生ありがとう

私は中学生の時、バスケットボールをやって身長が伸びたため、皆から「チビ、チビ」と虐められなくなっていった。

そんなある日、思い出したことがあった。それは昔、短くなった鉛筆を祖母が削る手をいつも見ていたため私もそれが得意になっていたので、昼休みに友だちの鉛筆を削ってあげることを日課にしていた。すると、何人もの友だちが順番待ちをして、喜んでくれ、友だちも増えていき、いつの間にか虐めのことは忘れていた。

その当時の私は、鉛筆を二本しか持っていなかったが、削っては大事に大事に使っていた。なぜなら、兄が生まれつき外科系の病気を持っていたため、母が不憫に思い、兄には、私や弟よりもたくさんの文具を買い与えていたことを知っていたので、わがままは言えなかったからだ。だから、私は二本でも折らないように丁寧に使っていた。

母は寂しがりやの兄には、大好きな本もたくさん買ってあげていて、部屋は小さな図書館のようだった。私も本が好きなので買って欲しかったが言えず、時々こっそりと兄の本を持ち出しては読んでみた。難し過ぎたが、活字の大好きな私は、意味や筆順などを辞書で調べては紙切れに書き写し、私用の辞書を作ったり論語や古典にも嵌まっていった。

中学三年生になると、書道の授業が始まった。

授業中、先生が筆の持ち方や墨の磨り方などを一人ずつ教えるため、各々の席に回って来て下さった。一番後ろの席の私の番が来た。

その時の私は、書道にはあまり興味がなく、ただただ先生の指先を見ていた。

（あれ？）

よく見ると、先生の指が変だ、と気が付いた。私は筆先よりも先生の指で、目が点になった。先生の右手の指は、親指と中指と小指しかない。その三本の指で筆を支え、書道の先生になるほど頑張って、あのような素晴らしい毛筆が書けるなんて。

私は身長が低かっただけで、健康体じゃないか。私の悩みなんて小さいじゃないか、と大いに反省した。爪すらない先生の指を初めて見た私は、涙が止めどなく流れ、席を外してしまった。

その光景は大人になっても頭から離れず、私も筆を持つ仕事に憧れを持った。健康体に生まれたことに感謝して、自分にはできないと思えることにも、見返すほどの努力をするように学んで、書道、英文タイプ、英語検定などの資格を取った。

後に知ったことだが、先生は戦争で右手の指を二本も失ったそうだ。だが、それをバネに頑張り、国のために尽くして下さった。そして、敢えて指を使う書道の先生にまでなった。私は足元にも及ばない自分が情けなかった。

その先生の生き方を見ると、何のわがままも言えなくなっていった。当たり前だと思っていた五本の指が使える幸福をかみしめている。

■わら半紙と緑のクレヨン

私が小学校に入学した時、机は二人掛けの木の机だった。ある日学校に行くと、私の机の上にわら半紙が一枚広げてあった。見ると、緑色のクレヨンで、「ゴタさん（片付けられずグチャグチャにしていること）、きれいにね」と、書いてあった。それは担任のS先生の字だということは、すぐに分かった。

（な、何で？）

私は、物がない時代に何を散らかしていたのか、未だに答えが見つからない。当時は先生に聞く勇気すらない自分が歯痒かったと思う。今風に言うと、虐めとも思えた。そのことは大人になっても忘れられず、長年先生を恨んでいた。何十年も経ち、嫁いでから実家に帰ったある日、母と町へ買い物に行った。すると、目の前のバス停にその先生がいた。「S先生‼」と呼んで、あの日のことを聞いてみたい衝動に駆られた。だが、それすらできない臆病者の私だった。

私は就職する時、綺麗にする職業に憧れ、今も職種は違うが、似た職業を続けている。思ってみれば、そのことが長年トラウマになっていた私は、「ゴタさん」だという言葉の反動で、無意識にこういう職業を選んでいた。あの時、S先生が担任だったのは、そのためだったと今頃気付いた。先見の明があった素晴らしい先生だったのだ。

なのにS先生の教えを〝虐め〟などと思い、長年恨んでいたことを詫び、「先生ありがとうございました」と言える日が来た。

「苦言や逆境を進んで受け入れる」（『菜根譚』〇〇四）

■私の青春グラフィティ

私は高校に入り、未知の世界に胸を弾ませ登校。

ガラガラと教室のドアが開いた。教材を脇に抱え、「グッドゥモーニング」と挨拶をしながら、先生が入って来た。

色黒で小顔で長身の先生の姿。私はその姿だけで、アメリカ人の先生と思い込んでいた。日本語を聞いてハッと我に返り、赤面した。未知の世界が大好きな私は待ちに待った英語の授業に夢中になり、予習も復習も真面目にした。

私と親友の光ちゃんは、英語の授業が楽しくて楽しくて、テストは毎回百点を取った。その頃は文法が主だったので、テストは十分もあれば終わった。時間を持て余した私たちは、答案用紙を机に伏せて先生の目を盗んでヒソヒソと話をして時間をつぶしていた。もちろん先生は知っていたはずだが、見て見ぬ振りをしてくれていた。

私は高校を卒業して何十年も経っていても、その時のことは先生がご存命のうちに謝りたいと常々思っていた。

ある時、夫の転勤で地方に暮らしていた時、何気なくラジオをつけた。そこで、「ラジオに声の出演をして、お詫びしたい人募集」という番組の企画を知った。私は待ってましたとばかり、すぐにラジオ局に申し込んだ。すると、即、出演の依頼が来た。

ラジオ出演の当日、やっと先生に謝罪できると思うと、涙が溢れた。その時も先生は現役で、他県の学校で教鞭をとっていた。

私は、長年抱えてきた思いを涙ながらに話した。すると先生は、「そんなことがあったなど、全く覚えてないなー」と言ってはくれたが、教師になりたてでショックを受けていたんだろうと思うと、申し訳なさでいっぱいだった私は、思わず受話器に向かって頭を下げた。

だが私の積年の思いは伝えられ、胸の支えがとれ、晴れ晴れした。先生は最後に、

「長い間、そんなことで心を痛め、いつか謝りたいと思ってくれていた生徒さんがいたことを、授業に戻ったら生徒たちに自慢したいよ」

と、優しく言って下さった。

今でも、このラジオ番組出演のカセットテープを聞くと、当時のことが昨日のことのように思い出せる。だから、敢えてカセットテープのまま保存し、時々聞いてはテープに向かい謝ってしまう。

■代筆ラブレター

私は高校時代、電車通学だった。

ある日、駅前に置いていた自転車がパンクしていた。前輪だったため、前を持ち上げながら四十分かけて歩いて家に帰り、父に直してもらった。

次の日、今度は鍵が壊された。駅で電話をかけ父にトラックで迎えに来てもらい、荷台に乗っていると、ふと自転車のカゴに目がいった。

何か布に包まれた物が結びつけてある。揺れる車に身体を合わせながらやっと外し、恐る恐る開けてみると、中には茶封筒に入ったメモがあった。それには、

「お前は英語が得意で、アメリカに出張もあるという大会社に就職が決まったんだって？　俺は、お前の書いた代筆ラブレターとは知らず、とんでもない彼女と付き合わされたんだぞ!!　一生憎んでやる」

と書かれていた。同じ中学校だったある男子生徒からだった。

私は女子校なのに、なぜ他校の男子が私の就職先や代筆のことを知っているのか、その時は理解できずにいた。

さらに続けて彼のメモには、

「お前の代筆とは知らず、字と文章に惚れ、付き合い始めたある日のこと、学級新聞の原稿を頼んだら、字も下手、内容も全くまとまっていなく、ラブレターを書いた人と同一人物とは思えず、ガッカリして彼女に問い詰めて、お前の代筆と知って別れた

んだ」

と、書いてあった。

中学生の時その彼と付き合っていた彼女は、私と同じクラスだった。彼女に頼まれて何回か、その彼の下駄箱にコッソリ手紙を入れに行ったことがあったと思い出した。そう言えば、彼と別れた話は聞いていた。だが、別れた理由などは聞かされていなかった。ずいぶん前の話だが、今頃恨まれるとは思いもしなかった。

文章を書くのが好きな私は、少し調子に乗っていたのかもしれない。浅はかな私は他人の心の中まで表現できる訳はなかったと、心の中で詫びた。その後のことは知らなかったとはいえ、私はとんでもないトバッチリを受けた。


就職活動が始まった頃、学校の掲示板に会社案内が張り出された。私はある会社の「英語が得意な人は、アメリカに出張あり」という文言に釘付けになった。何も情報のない時代、ペーパーテストで百点を取ったくらいで、アメリカに行けるはずもない、などとは考えも及ばなかった。先生からの情報もなかった。

しかし私は、友だちと二人で入社試験を受け、なんと合格してしまった。学校で一番に就職が決まり、浮かれていた。心はアメリカに飛んでいた私は、そのことで周囲から妬(ねた)まれていたことなど気付いていなかった。

「苟(いやしく)も過ちあらば、人必ずこれを知る」(『論語』述而)

■卒業劇

クラスの皆も進路が決まり、卒業も間近に迫っていた頃、クラス対抗の卒業パフォーマンスの行事があった。

皆で相談していると、誰かが「レ・ミゼラブルの英語劇がいい」と言い出した。

私は、ヴィクトル・ユーゴーの大河小説とは知っていたが、本を手にしたこともなく、反対も賛成もできずにいると、多数決で決まってしまった。私は焦って放課後、図書室に行き、本を借りて読んでみた。

（これを英語で？）

私には到底無理と悩み、学校を休みたい心境だった。すると、英語の先生が英訳して下さるということになり、あれよあれよという間に、その話は進んでいった。

だが数日後、半数ぐらいの人たちが、さすがに英語で劇などできないと言い出した。私も内心ホッとした。

ところが、今から演目を変えるのは時間がなくてできない。すると、あろうことか突然鉾先が、私に向かってきた。

「私たちは口パクでするので、あなたが陰で英語でやってよ」と。

（同時通訳じゃあるまいし、できる訳がない。こんな虐めってあり？）

すると、「賛成！」と、また、全員一致。私に考える余地を与えなかった。

先生までが、「台本を見ながらでいいから、舞台の袖で英語で台詞を言うように」と言い出した。とんでもない展開になった。

その夜から、私は毎晩台本を読んだ。だが、内容はもちろん、感情の表現の仕方も分からず、いくら舞台の袖でも英語で台詞を言うなどあり得ない。追い詰められた私は、先生をも恨んだりした。断ればいいものを、為されるがままの自分にも腹が立ってさえいた。だが、今さら後には引けない。

次の朝、昨夜見た夢を思い出した。それは先生も在校生も〝皆が拍手をしている〟夢だった。

「よし！　夢を信じ完璧に覚えてやる」と、半ばやけになり、丸暗記に挑戦した。

卒業劇の当日。いよいよ私たちのクラスの出番が来た。強がってはみたが、私の心臓の鼓動は半端ではなかった。バクバクと音さえ聞こえた。だが、後には引けない。

「よし、台本など絶対に見ないぞ‼」

と心を決め、舞台の袖に立った。

だが皆の台詞に合わせるのは練習とは違う！　至難の業だった。

冷や汗がダラダラと流れ、足はガクガクと震えた。必死で舞台の袖に立つも、頭の中は真っ白。だが、何とか全員の役を台本を見ずにこなした。緊張とプレッシャーで倒れるかと思った。他のクラスの人たちや先生方からも前代未聞だと褒められ、やっと息がつけて、私はその場にしゃがみ込んでしまった。

卒業劇で自信を持った私。その後、英語検定も英文タイプの資格（今の時代には使えないが）も取り、「為せば成る。為さねば成らぬ何事も」を実感していた。

あの大役を果たさなかったら、こんな達成感を感じなかっただろう。最初はまた、虐めかと思えたが、ただただただありがとうの気持ちでいっぱいだった。

第三章　社会人になって

■勇気ある行動

高校卒業後、私は憧れの都会に就職した。住まいは会社の寮で、同期入社の三十人が二人ずつの部屋という生活が始まった。ベッドの生活も食事や入浴も一緒、初めてのことばかりで戸惑った。

新築で真っ白な外観のその寮は、みかん畑を登り切った所にあり、二階からは遥か遠くに海まで見え、なかなか快適な環境であった。四方を山に囲まれ、果樹園と田畑の中で育った私には、見るもの全てが夢のようで毎日がワクワクの連続。会社までは特急電車で片道三十分かかったが、田舎とは違う車窓の風景を眺めるのもまた楽しかった。

初出勤の日、私は興奮して早く目が覚め、みかん畑をルンルン気分でスキップしながら駅へ向かった。ホームに真っ赤な電車が入ってくると、大勢の人たちが我先にと一斉にドアの前に押し寄せる。私は初めて見るその光景に目を白黒させてボーッとして乗り切れずにいると、私を駅員さんが後ろから力いっぱい押す。田舎では全く体験したことのない状況だった。

やっと乗れたが、座席はもちろん、吊り革にも捉まれず、仕方なくバッグを胸に抱え、足を踏ん張って立った。電車がカーブへ差し掛かると、皆が一斉に重なるように傾いていく。

そんな通勤にようやく慣れた頃、乗ってしばらくすると、背後に異変を感じた。電車が揺れるたび、少しずつ体を後ろにずらしながら、周りを見た。私の後ろには小柄な若者がいた。私は思わず「あっ！」と声を出しそうになり、目が合ってしまった。すると、その若者は、確かに「まずい！」という顔をした。

怖くなった私だが、声を出すことすらできずにいた。なぜなら若者の外見は、私の思い過ごし？　と思えるほどの爽やかな雰囲気を持っていて、私は疑うこともできず、ただ固まっていた。

それを良いことに、また若者はピッタリと私の後ろに付き、電車が揺れるたび、私と一緒に動く。流れる汗を拭くこともままならない。

だが「痴漢に間違いない」と確信した私は、突如、次の駅で降り、電話を借り会社に事情を話し、遅刻して出社した。騒ぎ立てて逆切れでもされたら怖いとの私の咄嗟の判断で事なきを得た。


その夜、私は今朝の出来事を先輩に話した。すると「明日私も一緒に行くから心配しなくていいよ」と言ってくれた。

翌朝。制服で出勤のため二人は同僚と思われぬよう会話もせず、いつもの車両に乗った。

先輩はコートまで着て、カムフラージュしてくれていた。

その日は、一人ではない安心感はあったが、何気なく周りに目を配った。すると、やはりあの若者が背後にいるではないか。

私は急いで先輩に目で合図。すると、先輩はじわじわと乗客をかき分け、私の後ろへ来て、その若者の行為を確認すると、次の駅の手前でその若者の腕を掴み、パッと上に挙げた。そして、「この手は誰の手⁉」と大声で叫んだ。周りの人たちの視線が一斉に私たちに向けられた。私は俯いた。

すると先輩はすかさず「降りなさい‼」と言うなり、若者の腕を掴んだまま次の駅で、怯むその若者を引きずり下ろし、駅長室へと連れて行った。

私はただただ驚くばかりで、その時、被害届けなど書いたかさえ、未だに思い出せない。

その夜、先輩は「もし人違いだったら、逆に訴えられるかもしれないし、刃物でも持っていたら身の危険もあるしと、いろいろ想定しての決断だった」と話した。私はその勇気に頭が下がった。

それ以来、私は乗る車両も替えた。そのせいか、あの若者は見かけなくなった。

しばらく経ったある日のこと。下車駅での出口が近いこともあったため、（もう大丈夫かな?）と思い、私は思い切って以前と同じ車両に乗ってみた。

だが発車して間もなく、この間のことが気になり、何気なく周りを見渡した。すると、四、五人前の若い女性が見る見る青ざめていき、モジモジする姿が目に飛び込んできた。（まさか、またアイツか? それとも具合でも悪いのかなー）と、心配になった私は、先輩に見習って少しずつ人をかき分け近づいてみた。

その日、その男は帽子を被っていた。が、間違いないと確信を持った。（許せない!!）そう思った私は、俄然勇気が湧いてきた。

私は、先輩に見習ってその男に近づき、力の限り腕を摑み、「痴漢でーす」と思い切り大声で叫んだ。そして次の駅で二人を降ろし、駅員さんに引き渡した。

被害を受けた女性には「事実をきちんと説明するのよ」とだけ言って、私は急いでホームに向かった。だが、特急は行ってしまった。また会社に遅刻の連絡をし出勤したのであるが、とんでもない精神力と体力がいることを痛感した。

その夜、私は今日の出来事を先輩に伝えた。すると、先輩はニコニコしながら、「偉かったねー。怖かったでしょう?」と労ってくれた。そして、私をギュッと抱きしめた。その温もりは、母のように温かく優しく、生涯、忘れ得ぬ私の宝物である。

「まっすぐに生きる方法」（『覚悟の磨き方　超訳 吉田松陰』）

■チビの虐めからデブの虐めへ

私は中学校でバスケットボール部に入り身長が伸びたため、チビの虐めは克服した。するとこれまで好きではなかったスポーツに嵌まり、高校に入るとソフトボール部に入った。

高校は町の中にあり、周りは人家に囲まれていた。私は辛かった過去を打ち消すかのように悉くホームランを打ち、学校の塀を越えて道路まで出てしまうことがたびたびあった。点数は稼げるが、道路は人も車も通るので加減して打つようにと、先生から注意を受けたりした。

二年生では砲丸投げまで挑戦し、スポーツで汗を流すことで、虐めの過去はすっかり忘れていった。だが気が付くと筋骨隆々になり、それに伴い体重も増え続け、今度は名前の上に「デブ」と付けられ、ニックネームになってしまった。それが社会人になっても続くとは露知らず……。

私は都会に就職したため、私へのチビという虐めのことを知っているのは、同期入社の友だちだけだった。辛かった過去を忘れ、仕事も頑張って青春を謳歌しようと、友だちと意気込んでいた。

そんな矢先、その友だちは入社早々、上司に気に入られ、結婚が決まった。寮を出て数ヵ月で仕事も辞めた。その後、女の子が生まれたが難病と分かると離婚を迫られ、お腹にいた二人目の子を抱え、実家に帰ってしまった。

私だけ、寮の皆とは定休日が違うため、休みの日は一人で過ごしていた。友だちもいなくなった寂しさから朝食を食べないで出勤する先輩たちの分までヤケ食いのように食べまくったりした。部屋にテレビもない時代、当時の私は食べることしか寂しさを紛らわす方法を思いつかなかったのだ。

ある日、寂しそうにしている私を見かねたのか、寮母さんが「お部屋においで」と呼んでくれた。そこには女の子が二人いて一緒に遊んだり、お菓子作りや先輩たちが食べなかった朝食をいろいろアレンジして楽しんだ。

そんな日が続き、気が付くと中学校では三十三キロだった体重が六十キロにもなってしまった。制服は無償で借りられたので不自由はしなかったが、同僚からは新調した制服を妬まれ、「デブ!!」「食べ過ぎ」などと再び虐めが始まっていった。

だが、私は痩せる努力もせず、ストレスで余計太っていった。実家の近くには商店などなく、母がわざわざ町まで買いに行って持たせてくれた数枚の私服も着られなくなった。仕送りもしていたため、新しい服を買う余裕もなく悩んだ私は、自分で作ろうと思い立った。ミシンはもちろん持っていないし、洋裁の技術も知識もないが、私は寮母さんから新聞紙をもらって制服の上に置いて型を取り、ミシンを借りて何とか形にした。余った布はパッチワークにして子どもたちにも洋服を作ってあげた。

そんなある日、私は突然、腹痛を覚え病院へ行った。すると虫垂炎との診断。痛みと母恋しさで、同室の先輩に気付かれぬよう布団を被って、毎晩毎晩泣いていた。だが、手術をしない訳にはいかず、寮母さんに付き添ってもらい、町の病院で手術を受けた。

痛みも和らいだ頃、隣のベッドに有名な芸能人の方が交通事故で入院してきた。ファンの方やプロダクションの方らしき人たちがお見舞いに来るようになり、私まで気が紛れて元気をもらった。一週間後には退院となって、やっと寮に戻れてホッとした。だが、それも束の間、突然患部に痛みが出て近くの外科に行くと、抜糸したはずの糸が残っていて、中で化膿していると言う。その頃は今のように自然に溶ける糸ではなかったため、傷口から膿が出てガーゼに付き、それを剥がすのが痛くて悲鳴を上げていた。治療しながらの仕事も限界で、とうとう母の所に帰りたくなり、寮を出て実家に戻り、同じ会社の支社に異動したのである。

第四章　主婦と生活

■騙すよりも騙される

私は、国語は好きだったが算数は苦手で、それを克服せずに生きてきてしまった。それでも、私が困った時は、母や友人が快く教えてくれたり、手伝ってくれたりして、特別不自由ではなかった。

嫁ぐ時、「実家が遠いから帰省する時のために、車の免許だけ取って来てね」と言った義母のその言葉を鵜呑みにして、私は車の免許だけ取って嫁いだ。その時、義母は会社で経理の仕事をしていたので、計算が苦手な私は内心喜んで、夫よりはるかに多い私の給料と夫の給料を義母に預け、家計を全て任せてしまった。人生設計もできず、日々の生活も義母に任せ、ホッとして、私はまた同じ会社の支社に勤めた。

私が仕事から帰る頃、義父母が駅まで迎えに来てくれていて、お嬢様のような生活かと思えた。田舎者の私は、（都会はいいなー）なんて、憧れてさえいた。

ところが駅前でパチンコをしながら私を待ち、山ほど景品を抱えていた。子どもが生まれてもそれは続き、おもちゃは全てパチンコの景品。しかも夕食の準備も済ませて迎えに来てくれたのかと思いきや、ご飯だけを炊き、おかずは殆んど毎日、コロッケや餃子など出来合いの惣菜が並べてあった。私は憧れどころか、質素でもいい、母の手料理が恋しくなっていた。

嫁ぐ前、実家の近くには万屋さんのようなお店が一軒あるだけだった。凍ったサンマと竹輪くらいしかメインになる食材はなかったが、畑の野菜や果物、卵などで目先を変えて、お弁当も母が作ってくれた。酒以外は、漬物、味噌、醤油も手作りしていた。

それが当たり前だったが、ある時から週二回、トラックで食料品、衣類、日用品などを積んで売りに来るようになり、何も不自由ではなくなった。

それなのに、私は都会の夫と巡り合い、都会の華やかさに憧れ、本当の豊かさを忘れていった。


ある時、母は私に言った。

「誰かにお金を無心された時は、頼まれた金額が一万円だとしたら、もし返してくれなかった時でも、その人を恨まず、捨てたとか落としたと思える金額にしなさい。借りる人は五千円で足りる時でも、一万円と多めに言ってくるはずだよ。借用書も返済方法も必ず書いてもらうこと。お互いに後で嫌な思いをしないためだからネ」と。

その時私は「分かった」とは言った。だが、口にはしなかったが、半分じゃ困るんじゃないかと思い、母の言葉に逆らって頼まれた金額より多めに渡し、その結果、母からもらった大事なお金を踏み倒されてしまった。

ある年から法律が変わり、家族には借金の返済義務がなくなった。そのため、借りた人たちは皆、返済をしないまま亡くなり、貸したお金は戻らなくなった。法律が変わったことすら知らなかった私は、貸したお金は香典だと思うことにした。後味が悪かったが、私は借りた方でなく貸した方で良かった。

私は虫垂炎以外、大病もせず、風邪もひかない健康な体を授かり、働けば何とか生きていける。

母ちゃん、ゴメンネ!

「人の一生の幸せも、災いも自分から作るもの。周りの人間も、周りの状況も、自分が作り出した影と知るべきである」(野口英世)

■家出騒動

ある日、私が長女に授乳中に玄関のチャイムが鳴った。私は泣く長女をソファーに置き、出てみると、一度しか会ったことのない夫の従兄弟が立っていた。

取り敢えず従兄弟を中に招き入れた。すると、いきなり従兄弟は、「おばちゃーん

!!」と、私に抱きついてきた。突然の出来事に私は驚いて声も出せずにいた。その上、私にとんでもない言葉までも発したのだ。

あまりの出来事に、私は急いでソファーから泣く子どもを抱え、外へ飛び出し、しばらく隣のビルに身を潜め、ブルブル震えながら子どもを泣かさないように必死だった。しばらくして、私は裸足だったと気付き、そっと家に戻ると、従兄弟はまだ玄関に棒立ちになっていた。私は急いで従兄弟を追い返し、鍵をかけた。

ふと、我に返り家の中を見ると、いつもは、いるはずの夫の両親の姿がない。私は、即座に嵌められたと思い、無性に腹が立った。

私は、夫が帰ったら今日のことを話そうと、待ち構えていたのだが、案の定、夫は朝帰り。その夜、一睡もせず朝を迎えた。気の収まらない私は、従兄弟の代わりにでも謝って欲しかった。だが、夫は謝るどころか「お前に隙があったんじゃないのか?」と、笑って出勤した。悔しさと悲しさが倍増していた。

昨日の出来事をなかったことにはできず、夫に内緒で生命保険の解約手続きをして、何食わぬ顔をし、着々と家を出る準備を始めた。

その時、友人の不動産屋さんを思い出し、電話をしてみた。すると、運良く空いたばかりの部屋があるという返事が来た。私は訳を話し、契約前だが鍵を借りることができ、その日から子どもを遊びに連れていく振りをして、荷物をベビーカーに乗せ、少しずつ運んだ。

ある日、夫のいない丑三つ時、私は、子どもをおんぶして家出を決行した。布団に座布団を押し込み、いかにも私たちが寝ているかのようにカムフラージュして、家を出た。朝帰りの夫は、もぬけの殻の布団を見て、酔いも覚めたことだろう。いい気味だ。自業自得だ。夫は、両親に聞いても「知らなかった」と言われ、一晩中私と子どもを捜し歩いたと、後々両親から聞いた。

引っ越して何日か経った頃、私はアパートの近くの公園で、知り合った人に恥を忍んで事情を話した。すると、見ず知らずの私に、余っている物や使わなくなった物をいろいろ下さった。お陰で、私と子どもは何とか生活ができた。

その人は、生まれて初めての銭湯にも連れていってくれ、湯上がりにジュースまでご馳走してくれた。その美味しさは生涯忘れられない。

当時は洗濯機も買えず、その方に洗濯板を借り、子どもを遊ばせながら、勝手に公園の水道を使って、たらいで大きな物も洗った。初めての経験で、楽しんでさえいた。ところがある日、いつものように暗くなるのを待って、公園で洗濯をしていた時、ふと顔を上げると、すぐ近くに夫の姿……。私はすかさず下を向いたが、子どもを見つけられてしまった。

すると次の日から夫は朝帰りをやめて、車を置いて実家で食事を済ませると、私のいるアパートにやってきて居座った。また、恐怖の日々が始まると思うと、私は先が見えなくなり、油断したことを深く後悔した。これからのことを考えると、生きていくことさえ嫌になった。

だが、子どもを道連れにもできず、夫が入って来ないように、アパートに鍵でもかけようものなら暴れかねない。元の木阿弥(もくあみ)になる。親の大反対を押し切って嫁いでしまった私は、実家に帰ることもできないでいた。

この現状をプラスに考えることを必死で考えてみた。答えはすぐには出せず、夫がいない間の幸福を見つけることくらいしか、考えが及ばなかった。子連れで働く所もない。

ある日、友人が内職の仕事を紹介してくれたが、生活の足しになる収入には程遠かった。夫は給料を全て親に渡していたので、私は自分の貯金を下ろして生活費にしている状態だった。

夫はアパートに居座るようになり、親に預けていた給料を初めて私に預けた。だが、一緒に住むようになった安堵感からか、また賭け麻雀や飲酒で給料を使い果たす恐怖があった。そんな日が来た時のために、母から教わったことを思い出し、私の着なくなった服や知人から頂いた端切れや古着を使い、パッチワークにしたりレースを使ったりして子どもの服や小物を作り、頂いた方にもあげた。

するとそれを見た人たちからも頼まれるようになり、見よう見まねで服、バッグ、エプロン、袋物、リュック、防災頭巾などを作った。すると注文を取ってくれる人やミシンを下さる方まで現れ、収入にまでつながった。
私は生活のためなのに、皆は趣味でしていると思ってくれていてホッとした。

■鬼手佛心

ある日、アパートの隣の部屋から足の悪い初老の男性が顔を出し、挨拶された。その方は独り者だというので、「何か、私にできることがあったら、言って下さいネ」と言った。すると、「掃除も食事を作るのも大変なんだ」と言う。私は、その日から掃除、洗濯を手伝ったり、時々惣菜もおすそ分けした。

その方は、とある著名な書家の弟だと語っていた。人は見かけで判断するのは失礼千万だと思いつつ、私は眉唾ものにも思っていた。

そんなある日、「いつもお世話になっているから、ほんのお礼の印に受け取って下さい」と、筒を渡された。私は遠慮しつつも開けてみた。中には和紙に包まれたものが入っていた。広げてみると、「鬼手佛心」と書かれた書が入っていた。

私はその書道家の方の名前は知らなかったが、感動で震えるほどの見事な書だった。私はすぐに町の大きな図書館に行き、美術年鑑で調べてみた。するととんでもない有名な方だと知り、お返ししたが、すぐにまた、どうしてもと言われ、頂くことに。調べてみると、書の価格は当時、はがき一枚の大きさが一万円だったので、六十万円は下らない書だった。

当たり前のことをしただけなのに、その方は「これを書いた兄にも相手にされないのに、赤の他人の貴女の親切がありがたかったので」と何度も涙ぐんで言われ、恐縮しつつ頂いた。

私は、若い頃、表装の技術も学んでいたため、自分でその書に見合うように金色の縁回しを付けてみた。だが大きすぎてアパートには飾れないので、なけなしの貯金をはたいて知り合いの額縁屋さんで額を安く手に入れ、実家に送った。画も書も大好きな両親は大変喜んでくれ、近所の方にも見せて歩いていたそうだ。その上、孫が来ると、「じいちゃんや、ばあちゃんが怒る時は、ここに書いてある字のように鬼のような時もあるけど、それはお前たちのことを思ってるからなんだよ」と、「鬼手佛心」

の意味まで知ったかぶりをして説明していたと、母が笑って言っていた。

両親が喜んでくれ、他人からの頂き物で私も親孝行の真似事ができた。今も、主なき実家の床の間に飾ってある。


ある日、散歩中に大きな川があるのを知った。覗いてみると、たくさんの魚が泳いでいたので近所の方に網を借り、子どもとたくさん獲った。その魚は全て食べられると聞き、南蛮漬けや天ぷらにもと、いろいろメニューが浮かび楽しんだ。

土手に登ると、足元にはタンポポの群生。葉っぱでお茶もできるし、根っこはタンポポコーヒーも楽しめる。ヨモギは餅、お団子にと、私には野草は全て食材にしか思えなかった。

帰り道、畑でニンジンを収穫中の人が、葉を捨てようとしていたので、走って行き、「葉は栄養の宝庫ですよ。和えたり炒めたり、ふりかけにしたり。特に天ぷらがいいですよ」と言うと、たくさん下さった。

翌日、人参の葉の天ぷらやヨモギ餅などを作って、お礼に行くと、「美味しい！

知らなかった」と、大変喜んでくれた。おせっかいだが、これが私だ。

私のほうが幸福をいっぱい頂いた。母のことも思い出せるし、材料代も節約でき、一石二鳥の生活だ。

「老人の残せし知恵に学ぶ日々」（私句）

■三つの未遂事件

㈠ストーカーの恐怖

私は、ある雨の日曜日の夜、近所の友人の家に出かけた。その帰り道、お財布だけを小脇に抱え、傘をさしながら立ち木や石灯籠が並ぶ神社の境内を通り、家路に向かっていた。

その時、近くで何かが動く気配を感じ振り向いた。すると、こんもりとした植え込みから顔らしきものが見え隠れしたかと思うと、突然私に向かって突進してきた。

（えっ!!　何？）私は何が起きているのか、すぐには判断がつかずに身動きできず、恐怖だけが覆っていた。その時私は、「キャー!!」とか、「ギャー！」とか、「誰か助けて!!」とか、叫んだとは思う。だが、その夜は雨で人通りもなく、誰も来てはくれなかった。咄嗟に気を逸らそうと思った私は、抱えていた財布を思いっきり遠くへ投げた。

だが、私の思惑通りには事は運ばない。男はそれには目もくれず、私に突進してきた。私は身をかわそうとしたが、恐怖のあまり、雨で滑って石畳の上で転んでしまった。

私は、革のミニスカートを履いていた。急いでスカートを引き下げながら、恐る恐る大柄なその男の顔を見た。その形相に怯えた私は、ここで殺されるんだと思っていた。それは数分間の出来事だったのかもしれない。だが、その短時間の間に、昔誰かから聞いたことを思い出していた。

「人間は死を迎えた時、生まれた時から死の瞬間までのことを走馬灯のように思い出すものだ」と。それは本当だった。

小さい頃から今日までのことが、頭の中をグルグルと巡っていた。そして、「父ちゃん！　母ちゃん！　私、先に逝く。親不孝の娘でゴメンね‼」と、何回も声なき声で叫び続けた。

その時、私は開き直ったはずだった。だが、多少の未練はあったのか、死が迫っていると思いつつ、声を振り絞り最後の一言を叫んでいた。「誰か、助けて‼」と。泥水の中に倒れたまま、精いっぱい顔を上げて。

すると、目の前の五階建てのマンションの灯りが目に入った。だが雨のため、窓はどこも閉まっていた。両脇は駐車場で人影はない。私の叫び声など聞こえるはずもない。力尽きた私は、泥水の中に体を伏せ、涙さえ枯れていた。

私は意識が朦朧としていたその時、突然思い出したことがあった。アメリカで日本人が犯人と疑われている銃撃事件が、毎日テレビで放映されていた。その事件の被害者たちも、今の私のようだったのだろうか？

「怖かったでしょう？」

「痛かったでしょう？」

「まだ生きていたかったでしょう？」

と、見知らぬ被害者たちの顔が、頭の中をグルグルとかけ巡っていた。

私の身には銃こそ向けられていなかったが、最後の時は、私と似た心境だったろうと勝手に想像して、涙が泥水の中にポタポタと落ちていた。

助けてくれる人もなく、諦めかけた私は命さえも惜しくはなくなっていた。その時、その男はどうしていたのか、今でも思い出せない。

すると突然「コラー!!」と男性の大きな声が聞こえた。私はその声に驚き、頭を上げ周りを見回した。すると、スーツ姿の青年が私に近づき、両手を差し出した。その人が何者かも分からないまま、私は思わず精いっぱい両手を伸ばし、その青年につかまり起き上がった。

するとその青年は、猛ダッシュで走り出し、呆然と立ち竦(すく)んでいた、青年より一回り以上も大きい加害者に突進し捕まえて来た。青年は持っていた傘の袋を手錠のようにして加害者の手首を縛り、片手は私の手を握り、私の家まで連れて来てくれたのだ。

私は玄関のチャイムを鳴らした。出て来た夫は、私の後ろに男性が二人もいることに目を丸くしていた。そして、私に向かい、

「何だっ!! その格好は!! 泥だらけじゃないか。転んだのか？」

私は答える前に泣いていた。すると、助けてくれた青年が事情を説明してくれた。

加害者は、気まずい表情で俯きながら小さい声で謝った。私は今さら謝らなくてもいいから、さっさと姿を消して欲しかった。

その時、「何だ、お前の友だちの子どもじゃないか。未成年で将来があるんだから、警察なんかに届けるなよ。大した怪我じゃないんだし、許してやれよ」と夫が言った。そして、私には「大丈夫か？」の一言も言わず、家の中に入ってしまった。

捕まえたその加害者の顔をよく見ると、私がさっき別れたばかりの友人の息子だった。私が帰ったのを見計らい、後をつけてきたらしい。

友人宅にいた時、友人が私に娘の受験の結果を聞いてきたので、合格したと話すと、「転校生でよく頑張ったネー」と言っていたのを、その息子が聞いていて、自分の不合格の鬱憤を私に向け、腹が立っていたという。私は聞かれたから答えたまでで、自

慢したつもりはなかったし、隣の部屋に息子さんがいることすら知らなかった。

数日後、その友人夫婦が籠に盛った果物を持って謝りに来た。その時の私は、未だ恐怖から立ち直れず、持ってきた果物も籠ごと処分した。それで、全てを忘れることにした。夫の言うように、事件にしなくて良かったのかもしれない。もし、警察が家に来たり、相手の家に行ったりしたら世間に晒され、別の人生を歩んでいたかもしれない。

その後、その友人家族は田舎に越したそうだ。風の便りでその息子も結婚して、子どももいると聞いた。それを知った私はようやく、その子たちが父の過去の過ちを耳にすることなく育ってくれることを、願える気持ちになれた。

だが、今でも後悔していることは、助けてくれた青年へのお礼を忘れたことである。


「天を怨みず、人を尤(とが)めず」(『論語』憲問)

㈡失明寸前事件

私はある日の夕食時、用事を思い出し、二階への階段を上がり、あと数段という時、下から何やら大声がした。

（何だろう？）と思った私は振り向いた。すると、私を目がけて何かが飛んで来た。確認しようと目を見開いた時、それが私の左目に命中した。真っ白なじゅうたんが見る見る鮮血で赤く染まっていった。足元にはガラスの小瓶に入った栄養ドリンクが転がっている。

私は何が起きたのか分からず、階段の途中に置いてあった洗濯物の中からタオルを数枚持ち、目に当てながら、下の部屋に向かった。血と涙が目に沁みて、目が開けられない。その姿を見て、驚いた姑はすぐに救急車を呼んだ。

だが、その日は眼科の医師がどこもいないとのこと。驚いた姑は「タクシーで大学病院に行って‼」と青ざめた顔で私に財布を渡した。予約もせずに。

その時、小心者の夫は自分のしたことに驚き、その場から逃げた。飲みにでも行ったのだろう。所詮、そんな男だ。

私は着のみ着のまま一人で目にタオルを当てながら、タクシーを拾いに出た。四、五分してやっと来た。運転手さんに事情を話すと、遠いが知り合いの先生がいるからと電話をしてくれた。

その病院は、タクシーで一時間半もかかる丘の上の大学病院だった。だが、ありがたいことにその先生の治療を受けられた。その時先生は「出血したから良かったけれど、あと〇・五ミリずれていたら、失明するところだったんだよ」と。

私はゾッとした。帰りのタクシーの中で、このまま両親の元に帰りたいと思った。何という所に嫁いでしまったんだろうと後悔していた。

その時、私はタクシーの中で、明日、友だち五人で旅行に行く約束をしていたことを思い出した。私は幹事をしていたので、キャンセルもできないと思うと、目の痛みより今日のことをどう説明するかの方が気になっていた。

「そうだ！　明日は雨だ。それなら、いい案がある」と閃いた。私は植木が好きで、ベランダに何十鉢も置いてある。風も強いから、家の中にしまおうと思い、支柱ごと持ち上げ、目に当たり、怪我をしたことにしよう。こんな言い訳が使えるのだから、

（ドジで良かった）と思った。

「怒りを表さない」（『菜根譚』）

㈢金属バット事件

私はある日、息子の部屋の掃除をしようとドアを開けた。息子は寝ていたが、空気の入れ替えをしようと窓に近づき、何気なく外に目をやった。

すると高校生くらいの男子三人が玄関前の階段を上がってくる姿が見えた。玄関のドアに近づく三人は、ニュースで話題になった金属バット（？）を持っていた。驚いた私は、息子を殴りに来たのかと思い、そっと息子を起こしてカーテンの隙間から確認させた。同級生だという。怖さで気が動転した私は、その場に座り込んでいた。

すると、「ピンポーンピンポーン」とチャイムが鳴る。すると息子は小声で「出るな!!」と言った。玄関に行く勇気もない私は、息子の言う通りにし、二人で息を殺していた。

しばらくして、私は隣の部屋まで這いずって行き、恐る恐るベランダから覗いてみた。「いるはずだけどなー」と首を傾けながら帰る三人の後ろ姿が目に入り、私と息子はホッと胸を撫で下ろし、その場は事なきを得た。

夫のいない時間で良かった。もしいる時だったら、「お前の躾が悪いからだ」と言われるのは確実だ。息子に訳を聞いても、口を閉じる。だから、もうこれはなかったことにした。

次の日、息子の中学時代の同級生のお母さんにそのことを話してみた。すると、

「あら、うちにも来たのよ」

「えっ!! 学校が違うのに?」

その人は、私とは全く性格が違うので、そのまま帰したとは思えなかったので私はどう対応したのか、聞いてみた。案の定、敢えてその三人を家に招き入れ、「両親を呼んできなさい!」と言い、電話番号まで書かせて帰したという。私にはとてもそんな勇気はなかった。

その夜、三人の両親が来ると、すぐさま「ここに座りなさい」と言い、狭い玄関に

六人を土下座させ、説教したと得意気に話した。正解はないにしても、私には思いつきもしなかった対応だった。私は、逆恨みで事が大きくならないかと思い、何もできなかった。

それで良かったのか、立ち向かうべきだったのか、答えは出せぬまま長い年月が経った。

「逃げ道を残してやる」（『菜根譚』）

第五章　家族の風景

■姑の気持ち

ある年の早春、姑が私に言った。

「私の身内の結婚式に、私の代理で出席してもらえない？」と。

私に、それを頼める？　私は一瞬怯んだ。

なぜなら昔、私に暴行未遂事件を起こした夫の従兄弟のいる実家だからだ。その時の恐怖を必死で忘れようと努力している私に向かって頼めることか？　姑の無神経さに言葉を失った。

私には姑の魂胆が分かっていた。

「私には娘などおりません」

と、周りにも自分にもそう思い込ませ、姑は自由奔放に生きてきた。
長年、それを見てきた私は、また姑が娘を置いて旅行に行くことなど火を見るより明らかだった。娘には、お湯を沸かすことだけを教えてあったので、カップラーメンを大量に買い込んで、大好きな週刊誌を何冊も渡しているのを私は見た。

私が姑の代理で結婚式に出席するとは知らない夫の従兄弟は、どんなに驚くだろう？　式にも一緒に出席する（？）。何事もなかったように振る舞えるか、私は自信がなかった。

私の人生を狂わせてしまった相手を目の前にしても、事を荒立てる訳にはいかない。だが私の本音は、姑は旅行で欠席することも暴露して仇を取りたい気持ちもあったが、百歩譲って子どもと出席することにした。

当日の早朝に家を出て、すでに八時間。やっと乗り継ぎ駅に到着した。だが在来線まで、まだ十分くらい歩くらしい。お腹が空いたので、食事ができる所はないかと辺りを見回した。

すると、駅前に一軒の店があり、裸電球に照らされた「うどん」と書かれた古びたのれんが揺れていた。美味しそうには思えなかったが、素うどんなら不味くても我慢できる。そう思って入ってみた。注文してから待つこと二十分、（仕入れにでも行ったのか？）と思うほど時間がかかった。やっとありつけた素うどんには刻んだネギと油揚げが一枚。丼に箸を入れ、数本をすくった。

すると、その箸の先に何やら白くて細い物がついてきた。目を凝らして見た。白髪ネギ？　うどんに？

それは本当の白髪だった。興ざめした私は、思い切って店員さんを呼び、丼を見せた。

「すみません!!　取り替えます」

（えっ!!　白髪入りの鍋の中で煮たうどんをまた出すの？）

私は、「結構です」とだけ言って払う必要はないと思ったがレジに向かい、勝手に半額を支払った。

三角巾からは何十本もの白髪が見え隠れしている八十代くらいのお婆さん。ここまで来てまた、虐めか？　疲れが倍増した。仕方ないので幼い子どもには持ってきたパンとお菓子で餓えを凌がせ、乗り換え駅へ。在来線に揺られ、やっと最終目的の駅に到着。

（ここからはタクシーにしよう）だが周りを見ても、タクシー会社もタクシーもない。田舎では皆、車を持っていて、利用者がいないことに気付いた。諦めて歩こうとすると、数メートル先に薄明かりが見えた。近づいてみると、冷凍食品の自動販売機。都会に住んでいる私だが知らなかった。

恐る恐る炒飯と唐揚げを選んで硬貨を入れた。待つこと、数分。「ガシャッ‼」と音を立てて品物が。手を伸ばすと熱々に温められて出てきた。すごいことを考えたものだと感動した。横に置かれた壊れそうな木のベンチに週刊誌を広げて座り、二人でやっと食事らしき物を口にした。

満腹で眠ってしまった子どもを抱っこし、訪問着の入った重いリュックを背負い、薄暗い外灯を頼りに田んぼ道をひたすら歩いた。

昔、姑が、「こんな不便な田舎暮らしと、汚れる畑仕事が大嫌いで、逃げるように都会へ出たのよ」と言っていたのを思い出していた。　数十分後、やっと姑の実家に到着した。

出迎えを受けた玄関で、私は足が竦んだ。思わず、抱いた我が子に顔を半分隠すようにして挨拶をした。何も知らない奥さんは、愛想のいい上品な人でホッとした。傍らには昔、味噌のテレビCMに出ていた男の子のような、剃りたてで青々とした坊主頭の三、四、五歳の年子の男の子がいた。横一列に並び、「こんばんはー」と言いながら、三人は我が子の手を引き、中へと誘った。

奥さんは、子ども用にハート型にご飯を盛りつけ、家庭菜園の茄子を使ったカレーを用意してくれていた。娘がハート型を見て大喜びし、さっき炒飯と唐揚げを食べたばかりだが「食べたい」と言い出し、五人で完食した。

その時、私は従兄弟の姿がないことに気付き、恐る恐る聞いてみた。すると、奥さんの顔が俄かに曇った。

「主人は出張先で事故に遭い、入院中なんです」と。

私は動揺し、昔の事件のことはもちろん、義母が結婚式を欠席する理由なども言い出せなかった。

翌日の結婚式は滞りなく済んだ。

数日後、その従兄弟はわずか四十二歳で亡くなったと連絡がきた。死因は事故による怪我であった。もし私が過去のことを家族に話していたら、そのことで揉めて自殺とか離婚になって、将来、あの可愛い子どもたちが非行に走らないとも限らない。

早逝したことは気の毒だったが、それが従兄弟の人生なのだ。

そしてそんな目に遭ったのも、私の人生だ。

過去は振り返っても仕方がない。現実を見つめ、教訓にして生きることなのだろう。

その時も姑は、私の予想した通り旅行に行き、結局、結婚式も葬儀も欠席した。このことをどう償って生きていくのか。

「苦境に耐える」（菜根譚）

■小姑の人生

ある日、小姑（夫の姉）が私に言った。

「ママ（私をそう呼んでいた）、私をデパートという所に連れてって！」

姑は娘を連れて出ることはなく、私は常に不憫に思っていたため二つ返事で、我が子を連れ三人で出かけた。デパートに着き、二階に行こうと思い、エスカレーターに乗った。

ふと振り向くと、小姑が乗って来ていない。エスカレーターに乗るのは彼女にとって、生まれて初めてなので、足を出せずにいたのだ。びっくりした私は、

「乗らないでーっ、そこに待っててー！」

そして、我が子を抱いて急いで下りのエスカレーターに飛び乗った。

走って上り下りした私は息絶え絶え。小姑は、「デパートは初めてで物珍しくて、キョロキョロしていたら、ママたちがいなくなってビックリしたー」と、涙ぐんでい

た。可哀想なことをした。

ある時、小姑は短時間の軽作業ならということで、働きに出ることになった。両親も勤めていたため、私は免許を取り立てであったが、時々車で会社まで送ってあげていた。

そんなある朝、車を幅寄せした時、側溝にはまってしまった。焦った私は、一人で何とかしようと試みた。だが、相手は乗用車。私の力で何とかなる訳がない。すると、側を通っていた会社員が四、五人寄って来て車を持ち上げてくれた。

忙しい通勤時間帯にも拘らず、優しい人たちが快く手を貸して下さり、無事に会社まで小姑を送り届けることができた。

またある日のこと、小姑のお腹が膨れてきたことに気付いた私は太っているのとは様子が違うと思い、病院に連れて行った。腹水が溜まっていてすでに末期の癌らしい。

そんな時も、姑は予約してしまったからと、旅行に出かけてしまった。「入院してるんだから、先生に任せれば大丈夫だからネ」と言って、大きなスーツケースを持って、ソワソワしながら家を出て行った。

母親なのに人間なのに、動物以下だ、と常に思っていた。そんな身勝手な姑故に、私は将来どこにも旅行などしないまま終わるだろう。

私が嫁ぐ時、夫の親戚の誰一人として小姑の存在を教えなかった。聞かずに嫁いでしまった私に、自分自身も呆れてしまっていた。

病院には、私だけが付き添っていた。その時、小姑は突然私の手を握った。そして、声を振り絞り、言った。

「ママ、私が旅行に行ったのは中学生の時の修学旅行と、ママの実家に連れて行ってもらって、畑の真ん中で皆でバーベキューをした時の二回だけだった。どっちも楽しかったよ。ありがとう。ママには感謝してるよ」

「デパートでエスカレーターに乗れなくて、ママに心配かけたことも忘れないよ。ゴメンね、あの時は……」と言った直後、「あっ!! 前のビルの屋上に大きな象がいる」

と言う。驚いた私はビルの屋上を見たが何もいない。それが幻覚症状だったのか。直後、

「ママ、お水ちょうだい」

それが末期の水だった。

親にも弟にも看取られず逝った……。


わずか四十歳で、この世を去った小姑。急いで旅行先から帰った姑は、荷物を置くとすぐにいなくなった。涙一つ見せず、娘の顔だけ見てすぐのこと。家族は、いろいろな打ち合わせや連絡で右往左往しているというのに……。

行き先も告げずに出たので捜しようもなく、私たち家族は（またか！）と思い、打ち合わせを始め、大体のことが決まった二時間ほど経った頃、姑が帰って来た。

私の友人の美容師の所に行っていたのだが、その姿を見て、家族も親戚の者も、固まってしまった。髪は茶髪、顔は真っ白、唇は真っ赤なのだ。

お祝い事じゃない。まして、一人娘が病気で亡くなり、これから葬儀の準備という

時にだ。

その上、姑は「嫁入り道具で、一番派手な喪服を、貸して」と、私に言った。

何を考えているのか、この親は。開いた口がふさがらないとは、このことか？　娘の葬儀に派手な物を着る？　喪服に派手な物などある訳がない。しかも、私の母がやっとの思いで用意して持たせてくれた喪服を、私よりも先に手を通そうとするとは。

その頃は、家紋の入った喪服を身内が着る習わしがあった。娘が恥をかかないようにと丹精込めて母が縫い、実家の紋を入れて持たせてくれた物を、姑が袖を通すという。そうなると私はレンタルするしかない……。

だが、言っても言うことを聞かない常識外れの姑である。根負けして、私は新しい喪服を貸した。私が変なのかと錯覚しそうにさえなった。何も言えない自分に腹が立った。

昔は葬儀を町内で行っていたので、見栄っ張りの姑は、私の新しい喪服を貸せと言ったのである。

「苦言や逆境を進んで受け入れる」（『菜根譚』〇〇四）

■娘のこと

娘が高校二年生の時、バイク通学をしたいと言い出した。ダメと言っても、聞くような娘ではない。校則を守らず授業が終わると、すぐに猛ダッシュでアルバイトに行った。

日常茶飯事の父親の醜態を見て、居場所がなかったのだろう。そう察していた私は、無下に反対もできなかった。

だがある日、心配になり、警察に事情を話し、娘を捜して欲しいとお願いに行った。すると、「事件が起きている訳ではないので、事前に見張ることはできません」と言われた。

当然のことだが、その時の私は警察から冷たくあしらわれたと思い込み、路頭に迷った。だが、その後も私は懲りずに再三お願いに行った。

ある日、私だと気付いた一人のお巡りさんが根負けし、預けていた娘の写真を持ち、何か所もバイト先を捜し歩いて下さり、娘を見つけると、「今日はここにいたよ」と連絡して下さることが続いた。職務ではないにも拘らず真剣に捜して下さった。

その後、娘は免許を取得し、バイクまで自分で買って来た。今度は校則違反と知りつつ、バイク通学を始めた。どこに停めていたのか、それも心配の種だった。そのうえ私は、娘が校則違反をしていることが気になり、止むを得ず、夫に内緒で学校を辞めさせようと学校へ向かった。

その時、担任の先生と私は生徒用の小さい椅子に掛け、娘は机の上に腰を掛け、足をブラブラさせて、先生を見下ろしている状態だった。

だが先生は笑って、これを見過ごしていた。私は申し訳ないやら情けないやらで終始俯(うつむ)いていた。先生は、

「お母さん、娘さんは夜アルバイトしているので、授業中は殆んど寝ています。でもテストは殆んど満点ですよ。転校生なのに、よく頑張ってついてきてくれていると感

心しているんですよ。そんな娘さんを退学させたら、どういう道に進むと思いますか？」

娘の目の前で思ってもみなかった先生のその言葉を聞き、私は二の句も継げず、娘より先に泣いていた。渋々だが、娘の将来を見据えての先生の言葉通りにしてみようと決めた。挙げ句の果て、

「明日から娘さんのバイクを停める場所を、僕が今から探して来ますので、心配しないで下さい。皆には内緒ですよ」

そう言って、先生は近くの農家にお願いにまで行って下さった。その上、「教頭先生には僕が説得しますから大丈夫」とまで言われた。

こうして先生方のお陰で、娘は無事卒業。英語が好きだった娘は、その後二年間英語の専門学校へ行き、ホームステイでアメリカにも行った。

娘のホームステイ先は、アメリカでの語学学校の担任の先生のお宅だった。

その先生は毎日、食材をたくさん用意して下さり、「好きなだけ食べてネ」と言っ

て、冷蔵庫も満杯だったという。食べ盛りの娘は喜んで食べまくり、一週間の滞在中に三キロも太って帰って来た。一緒に行った友だちは、キャベツとジャガイモくらいしかメインに使える物がなくて、学校の帰りにスーパーで食材を買って帰っていたという。娘だけが、そんな待遇と聞き、その格差に驚いた。

帰国後のある日、娘がホームステイでお世話になった家族が、突然日本へ来た。その先生の家族は、なぜか娘を気に入ってくれて、日本に行ってみたいと突然思い立ち、来日したのだという。

小顔で金髪で青い目の親子三人。その三人が通ると、道行く人たちが振り向く。私はデパートのマネキンの隣に三人を並べて立たせてみた。するとお客さんは皆、「マネキン？　生きてるみたい。生きてるんじゃない？」と触れてみて、動くその親子たちと大笑いした。

その家族は我が家にも来たいと言われたが、あいにく我が家は建て替え中のため、やむなくお断りした。

滞在中、私が運転して横浜へドライブに行った。港の見える丘公園、外国人墓地、元町中華街、ベイブリッジ、山下公園……どこも三人は大はしゃぎだった。最後に「氷川丸」に乗った。その時、お母さんが突然私に向かって、「この船の説明を英語で教えて」と言う。

「えっ！　私は無理です」と断ったが、「NO！　NO！　NO！」を連発され、娘と二人がかりで、やっと片言の英語を並べて何とかした。

帰りは、ホテルのレストランで海を見ながら食事を、と考えていたが、三人とも「マックがいい！」と。（えっ!!　日本に来てまで……）と思ったが、言うことを聞いてくれない。

仕方なく私は車を走らせた。すると、子どもたちが「マックあったー」と大喜び。実は、私はあまり好物ではないが、ドライブスルーに入った。乗ったまま買えると三人は大喜び。アメリカの家の近くにはなかったようで興奮状態で、一人三個ずつも買った。

私は、娘がお世話になったお礼にホテルの最上階のレストランで食事をと思っていたが、マックが一番うれしかったと聞き、喜んでいいか、悲しんでいいか、複雑な気持ちだったが、無事に飛行場まで送り届け、ホッとした。

その後、娘は外資系の会社の社長秘書の仕事に就き、肩の荷が下りた。


「朋あり　遠方より来る、またたのしからずや」（『論語』学而）

■娘の結婚

ある日、娘が言った。

「彼氏ができたので会ってみてくれる？　結婚も考えてるんだけど」と。

娘は、仕事は真面目にしていたが、私は娘の高校時代の悪夢のような日々を思い出していた。まさか、そんな娘と結婚してくれる人が現れるなど、考えられなかった。

そんな親の心配をよそに、その話は進んでいった。だが私は、もしその日が来たら、お色直しのドレスもブーケも私の手で作りたいと密かに夢見てはいた。話がどんどん進み、仕事を持っていた私は、目にクマを作りながら毎晩毎晩ドレスとブーケ作りをした。ブーケのかすみ草の二百本は夢にまで見るほど大変だった。

娘も勤めを終えてからの式の準備で疲れて痩せてしまい、私は衣装のサイズ直しや招待状書きに追われ、二人とも当日は倒れるかと思う日々。

だが、高校の恩師T先生にも晴れ姿を見て欲しい一心で二人は頑張ることができた。

結婚式への招待状は、誰よりも先にその先生に書いた。

長い年月が経ち、

「お元気だろうか？」

「出席して下さるだろうか？」

「あの日のことを覚えていて下さるだろうか？」

という思いが頭の中で交錯していた。

一週間ほど経った日、返事を頂いた。「成人した娘さんの晴れ姿を楽しみにしています。喜んで出席させて頂きます」と、添え書きまでして下さっていた。

式当日。大勢の招待客の中でやっと先生を見つけた私は、ご挨拶に行き、当時のことのお礼とお詫びを言った。

すると、先生は、「ハッキリとは覚えていないんです」と言われたが、私が説明すると「当然のことをしたまでですよ」と、謙遜しながら大変喜んで下さり、ありがたい祝辞も頂き、二次会も三次会も出席して下さった。

あの時、娘を退学させないよう先生が庇って下さらなかったら、娘の今日の日はなかったはず。先生から言われた数々のありがたい言葉も心に残っている。先生は、「そんな前のことを覚えていて下さり、娘さんがいつか結婚する日が来たら、お礼を兼ねて私を招待したいなどと長年思い続けて下さっていたという保護者の方になど、未だかつて会ったことがなく、教師冥利に尽きます」とまで言って下さった。私からみたら当然のことなのに。しかもあの頃のことを夫に知られていたら、今日のこの日はなかっただろう。

当時、私は夫に見つからぬよう必死。先生も、娘を退学させぬよう必死。

その日が過去になってありがたい日……招待状を書いている時、先生の苗字が母の旧姓と同じだったことを知った。

「一手独り拍つは、疾しと雖も声なし」（『韓非子』）

第六章　この世を去る時

■実母の場合

両親の生前、私は毎月のように一週間ほど、実家に農家の仕事や食事の手伝いに行っていた。その時、母の不可解な行動を目にした。

それは、「兄が私の所にお金を盗みに来る」というのが口癖になり、財布をベッドの下や仏壇の上に隠すようになった。一日に何回もそれを移動して歩く。その行動を見るに見かねた私は、母に言った。

「兄ちゃんは働いているんだから母ちゃんのお金を盗む訳ないよ。我が子を疑ってどうするの？」

そう言って、母に何度も言い聞かせた。だが、母は曲がった腰を支えながら、必死に隠し場所を探して歩いた。

認知症なのかとも思ってみたが、母は義務教育しか受けていないにも拘らず、読み書きも計算も父より優れていた。私は毎日いる訳ではないので、兄の行動が本当なのか理解に苦しんだ。


ある日、母の友人が遊びに来ていたので、恥を忍んで母の行動を話してみた。

すると、その友人が言った。

「人間は死が近づくと、お金と食べ物に異常に拘（こだわ）るようになるらしいよ」と。

食べる物は、生きているうちにお腹いっぱい食べておこうと思うため。お金は、誰が言い出したのかなどは定かではないが、三途の川を渡る時の船の渡し賃として六文（現在換算では三百円ほどらしい）が必要だったという江戸時代からの言い伝えがあり、そのお金がないと、あの世に行かれないと思い、拘るようになっていくのだそうだ。なるほど……と母の行動を見て妙に納得し、その話を聞いてからは、ただ見守ることにした。

病気で入院することはなかった母。だが、老衰で入院させた。入院中は、弟家族が看ていてくれた。

ある日私が替わろうと病院に行った時のこと、普段、生水を飲まない母が、珍しく水を欲しがった。私が吸い飲みで飲ませると、「美味しい、美味しい」と言い、ゴクンゴクンと音を立てて飲んだ。その直後、「ありがとうネ!! ありがとうネ!!」と二回言って、母と私だけの時に眠るように逝った。

その時、母っ子だった兄は、連絡してもなかなか病院に来なかった。あまりのショックに家の中をぐるぐるぐるぐる歩き回って頭を抱えていたと、後々義妹(弟の嫁)から聞いた。

そんな母は、自分の物は洋服一枚すらも買わず、私が帰省の際に買って行った物や弟家族からもらった物で充分満足していた。それは、子どもたちにお金の苦労をさせまいという拘りだったのか。三途の川を渡る時の渡し賃を無意識に準備していたのか、今となっては母の本音は聞けない。

母の死後、遺品整理の時、仏壇の上で見つけた物、それは三人の子どもたちの名前を書いた茶封筒で、それぞれに同じ額のお金が入っていた。我慢ばかりしないで自分の欲しい物を買ったり旅行にでも行けば良かったのに……。

涙で濡れていく封筒は、いつの間にか母の笑顔に変わっていった。

「まっとうに生きる」（『菜根譚』〇〇一）

■姑の場合

母の死から三年後の春、私は姑の朝食の片づけをしていた。その時、姑が呼ぶ。

「ママーご飯まだー」と。私は、

「今、食べ終わった食器を片付けてるよ」

と言った。すると、「まだ食べていないよー」と言い張る。

またかと思い、お昼用のウナギも夜用の豚カツも出すと完食した。

それは今に始まったことではない。明日は我が身かと思い、私は毎日、食事の用意に追われていた。

そんなある日、私は姑に呼ばれ部屋に行った。すると、「私、今まで年金は一度も下ろしたことないの。相当貯まっているはずだから、ママ使ってネー」と。

初めて聞いた姑の言葉は眉唾ものに聞こえたが、キャッシュカードと通帳を渡され、半信半疑ながら銀行へ行った。すると、案の定、全額を下ろしてあり、姑は死を察知していたのかその月振り込まれたはずの年金すらなかった。夫の遺族年金も全て、自分の衣装代と旅行費用で使い果たし、逝った。

三途の川の渡し賃という三百円すらなかった。見栄っ張りの姑の両手の十本指に嵌めていた指輪だけが残った。それでも売れば足りるだろうと、はずさなかったのか、姑亡き今、姑の本音は分からない。私が使えるものは何一つなかったので全て処分した。

実家で母の友だちに聞いた話は姑には当てはまらなかった気がしていた。

姑が逝って遺品整理中、姑の部屋から現金ではなく私宛ての手紙が見つかった。三枚の便箋には、こう書かれてあった。

「ママ江・

今月もすっかり御世話様になりました。

今迄私わ・ろくな事もできなくすごして来ました。毎日申訳なく思っていました。本當に御免なさいネ。

毎日が本當にたのしく嬉しく思っておりました。元気な内に一言御礼の言葉が書いて於きたく本當にありがとう。

私し・わ・いつも本當に嬉しくたのしく思っていました。不調法で思ったことが口に出して言えなく私の気持ちわかって下さいネ。

ママ貴女にわ・一つも悪い所は本當にありません。私の心からの本當の気持ちです。

貴女がお嫁に来てから、けんかわ・一回もしていないですよね。

貴女にわ・私の気持ちがどういう風に見えたか私にわ・分かりませんが私なりに一方交・通・だったも分かりませんがママをにくらしいとか、へんだとか一回も想った事わ・ありません。

かんしゃかんしゃで私一つすごして

（以下略　原文のまま）

「とらわれない心を確立する」（『菜根譚』〇五〇）

第七章　不思議体験

■雛人形の首が飛ぶ

ある年の早春、夫と私は両親が初孫のために買ってくれた木目込みの七段飾りの雛人形の飾り付けをしていた。

その時、夫は缶ビールを片手に持ち、ご機嫌だった。が、突然、訳も言わずその缶ビールを私めがけて投げた。泡が散乱し、お内裏様とお雛様の首が飛び、七段飾りが見るも無残な姿で音を立てて崩れていった。

身の危険すら感じた私は、着の身着のまま近くに置いていたバッグとコートだけを抱え外へ飛び出していた。出てはみたが、この寒空に行く当てもない。一時間ほどは散歩の振りをして歩いてみたが、頭の中は真っ白。交番を見つけたので訳を話して、一晩泊めて欲しいとお願いしてみた。

するとき「決まりがあって駄目です。ケンカの仲裁に入りましょうか？」。

「とんでもない。事は大きくなりますので結構です」と、そそくさと外に出た。

明日の仕事も休めない……悩みながらとぼとぼと歩いていると、二十四時間営業のファミリーレストランを見つけた。「ドリンクお代わり自由」と書いてある。店内に入り一番安い物を注文し、何度もお代わりして時間を潰してはみたが、時は経たず、人気もまばらになっていく。とうとう空が白んできたので、店を後にした。

道路に出ると大型トラックが猛スピードで走っており、飛ばされそうだった。当てもなくフラフラと歩いていると、見たことがある大きな公園があった。そこで近くに友人が住んでいることを思い出した私は、思い切って電話をかけてみた。

「こんなに早くからどうしたの？　寒いからすぐおいで」と、友人は言ってくれた。ありがたかったが、その友人は高齢のお母さんと同居だと思い出し、泊めて欲しいとはなかなか言い出せずにいた。だが、恐る恐る切り出すと、

「母は亡くなり、今は空き家なのよ。今日はたまたま掃除に来てたの。私は息子と同

居してるから、ずっといていいよ。電化製品もストーブも何でも使っていいよ」と、満タンの灯油と玄関の鍵まで置いていってくれた。

お風呂はないけど、家の前が銭湯だからと、割引券まで頂いた。私はなるべく迷惑をかけないように、公共物と知りつつ夜中に公園で水を汲み、洗濯したり、お湯を沸かし風呂代わりにした。

仕事にも行けた。数日後車の鍵のスペアをいれていた所を思い出し、夜中にコッソリ取りに行き、そのご主人の顔で駐車場も無料で借り、自転車までも知り合いの方から頂いてきてくれた。

〝捨てる神あれば拾う神あり〟。

■亡き母に会いに行く

こうして私は、早春から友人宅に居候していた。暗い顔をして仕事に行く私を見るに見かねて、その友人が私に言った。

「亡くなった人たちに会える所があるんだってよ」

「えっ？　本当？　どこ？　行きたい‼」

だが、その時の私は無一文、裸同然であったため、「無理だなー」と諦めた。

すると数日後。私の枕元に何やら大きな紙袋と手紙が置いてあった。

恐る恐る開けてみた。すると、その中には、登山用のリュック、着て行く物、費用までが入っていた。手紙には、

「貴女は無休で働いている今も、風邪ひとつ引かない丈夫な身体を授かっているでしょう？　お金なんか働けば返せるし、返せなかったら私がプレゼントするよ。一生は一回きりだよ。だから後悔しないよう、お母さんに会って来なさいネ」

と書かれていた。

私は夢かと思い、頬を思い切り抓ってみた。（痛い‼　現実なんだ）。その夜は、リュックと手紙をしっかりと胸に抱いて布団に入った。次第に涙が込み上げてきて、思い切り泣いた。

次の朝、私は興奮して早朝四時に目が覚めた。外はまだ薄暗かったが、出発することにした。ナビが使いこなせない私は、車を停めては道行く人に尋ねながら、四時間もかけてやっとの思いで目的地に辿り着いた。

そこは高い山に囲まれ、川のせせらぎが聞こえる小さな村だった。旅館が六、七軒あり、冬の準備か、どこの入り口にも薪がたくさん積んであった。ふと目前の高い山を見上げた私は、そこで初めて日帰りすることはできないと気付いた。山頂付近に泊まる所はあるのかすら、知らずに来てしまった。誰かから情報を得たいと、きょろきょろしていると、近くの土産物屋さんが「どうしたの?」と聞いてきた。「日帰りできるのかと思った」と話すと、「それは無理よ」と、頂上にあるお寺の宿坊に宿泊の予約をして下さり、ホッとした。

私は、名も知らぬその山の登り口に立った。いよいよ母に会えると思うと、嬉しさで不安も薄らぎ、胸が震えた。

だが目前には、とてつもない大きな木造の門。それを見上げ、一瞬躊躇した。が、後には戻れない。思い切って門をくぐり、一歩足を踏み入れた。すると突然、霊気というか冷気というか　未だかつて経験したことのない空気が私を包み込んだ。

（えっ？　何？）。私は恐る恐る……だが思い切り目を見開いて周りを見渡した。

次の瞬間。私の身体から要らない物が剝がされて、真新（まっさら）にされていく感覚がした。

生まれて初めての体験に気が遠くなりそうだった。

やはり、ただの山ではないんだなー。それが何を意味するのか、その時の私には知る由もなかった。

　その感覚のまま、十メートルほどの砂利道を何とか登り切った私は、それだけで息切れがしていた。周りには誰の姿もない。怖い！

　道を左に折れると、その先は勾配が四十度以上もあるかに見える坂道で、私は、もうそこで怖気付き、思わず振り向いた。（今なら戻れる）と思った。だが、「母ちゃんが待ってるよー。母ちゃんが待ってるよー」と自分に言い聞かせ、頰を伝う涙を指で拭った。

　せっかくここまで来たのだから、母に会って帰らねば絶対に後悔することは、重々承知していた。自分に活を入れ足元だけを見つめ、ポロポロと涙しながら木の根っこのような階段を黙々と登った。時折目に入る、木の根元に咲く薄紫の小さな野の花だけが私を癒やしてくれた。

道は曲がりくねっていて全く先が見えない。辺りは森閑として、すれ違う人もいない。不安が募るばかりだった。だが、それを良いことに「母ちゃーん!! 待っててネー!!」と大声で叫び、自分を奮い立たせた。だが応えてくれるのは木霊だけだった。寂しくて怖くて、駄々っ子のように地団駄を踏んで、声を振り絞って泣きたかった。だが、ひたすら前進するしかなかった……すると、

(あっ、ベンチ?)

私は、そこでリュックを下ろし、小休止した。水を口にし、前を見ると、丸くて赤い物が三個、ガラスケースに入っていた。「冷しトマト、一個三百円」と書いてある。思わず買って丸かじりした。甘さと青臭さに癒やされ、早々に出発した。

ますます傾斜が厳しくなっていく道を、麓で借りた杖を頼りに、孤独に耐え、歩を進める。ここからは〝地獄の坂〟と呼ばれるほどキツい所と、土産物屋の方に聞いて

きた。

やっと休憩所が見えて来た。その時の私は本当に息絶え絶えで、最後の一歩は這いずるようにして、ベンチに崩れ込んだ。そして今度は、トコロテンと草ダンゴを買った。

頂上まではどれくらいかかるかさえ調べずに来てしまった。呼吸はますます苦しくなっていく。だが誰も助けてはくれない。もはや、ここで死んでもいい。むしろ本望だ。母ちゃんの所に行けるんだ……と開き直る。

しばらく登ると、やっと最後の休憩所と聞いた所に辿り着いた。

（ん？　お味噌汁の匂い？）さっきの開き直りはどこへやら。空腹には勝てず、持ってきた特大のおにぎり三個を頬張り、お味噌汁を頂いた。ああ至福の時……。

だが調子に乗って食べ過ぎたか？　今度は、眠気が襲ってきた。（まずい、急がねば。行くぞ‼）私は、自分に活を入れた。

私は麓からすでに七時間も歩いていた。大きな杉の木の影も加わり、一層不安が増し、この山には頂上は無いのかと思うほどの厳しさを感じていた。体力も限界に近づき、母に会いたい一心で何の情報も調べぬまま来てしまったことを後悔すらし始めた。

その時、木々の間で何かが動いた。思わず後退りした。遠目だったが、目を凝らしてみると……鹿の親子。その可愛さに癒やされ、再び歩を進めた。

すると前方には頂上らしき景色が見え隠れする。が、とうとう私は砂利道にへたり込んでしまった。見上げると、すぐ目前の坂の中央に太いロープが頂上まで引いてあるではないか。私は思わず飛びついた。ロープにつかまると頂上まで楽々登れた。

(やったー!! 登り切れた。)

頑張った自分を褒めてあげたい心境だった。


山門に着くと、紺色の袈裟を纏ったお坊さん二人が手招きしていた。

私のために、お出迎え? 私は感動と達成感で、その衣に包まれ、思い切り泣きたい衝動に駆られた。

「麓の土産物屋のおばさん、ありがとう」

私は見栄をはり、疲れた顔は見せずにいた。お坊さんに招かれ、大きな建物の階段を一歩一歩踏みしめて登った。

するとそこには大人が一人入ってしまうかと思うほどの、大きなピカピカに磨かれたアルミのヤカンが自在鉤で下がっていて、お湯がシンシンと音を立てて沸いていた。そのお湯でお茶を頂き、冷えた体を温めた。

部屋に案内されリュックを下ろした途端、私は安堵感と疲れで、あろうことか、リュックを枕に爆睡してしまったらしい。すると、何やら人の声が聞こえ、周りを見渡すと七、八人の人がいた。軽く会釈し食事も一緒にしたが、一人ではない安心感と見ず知らずの人たちと同宿するという不安とが入り交じり、お風呂に入る気にもなれず、その晩は着替えもせずに寝床についた。

（いよいよ明日は、亡き母に会える？）そう思うと私は興奮してなかなか寝付けず、翌日は早朝に目が覚めた。辺りはまだ暗かった。

だが、私は宿泊のお礼もそこそこに、母に会いたい一心で、亡き母に会えると聞いた場所に向かった。ついにその場所に最初の一歩を踏み入れた。

すると、目の前の山々の空気が澄んでいて、まるで全身が宙に浮いているような身の軽さと爽やかさに包まれた。
眼下には真っ白で巨大な綿菓子を積み重ねたような物が、モクモクと動いていた。この不思議な光景に、それが何なのか、すぐには理解できずに固まって、ただただ見惚れていた。後に雲海と知る。

徐々に顔を上げると、前方に高い山が顔を出した。するとそこから、一筋の金の光が、私を目がけるように射した。

次には真っ赤な太陽が、揺れる雲海を紅色に染めていった。その時の神々しさを表現する言葉は思いつかない。

次から次へと移り変わる光景に、私は溢れる涙を拭うことすら忘れた。もう二度と見られないだろうと、その様をしっかりと目と心に焼き付け、振り向き振り向き、この光景に名残を惜しみながら、写真とビデオに収めた。その時の私はあまりの光景に母に会いに来たことすら忘れていた。

すると、さっきまでは山と雲海しか見えてはいなかったが、突然、透明で虹色の丸い輪が、いくつも浮かんでいることに気付いた。私は目を凝らして見た。すると、その輪の中に……懐かしい姿が浮かんだ。

「あっ、母ちゃーん!!」

私はあまりの光景に、とっさには信じられず、目を大きく見開いてみた。やっぱり母ちゃんだ。周りに同宿の人たちがいたことも忘れ、「母ちゃーん!!」「母ちゃーん!!」と何度も呼んでみた。その人たちは驚いたことだろう。

両目を擦ってみた。

頬を抓ってもみた。

だが、母は確かにいた。

「やっと会えたー!!　本当に来てくれたんだね」

気が付くと周りにはもう誰もいなかった。それをいいことにもう一度、思いっきり大声で叫んでみた。

「母ちゃーん!!」

この光景を見るまでは、亡くなった人に会えるという友人の話を信じてはいなかった。

しばらく、私はこの不思議な光景の中に身を置いていた。そして、名残を惜しみながら振り向くと、ほかにも亡き人が浮かんでいた。よく見ると義父、私の父方の祖母もいた。

私も、その虹色の輪の中に入って一緒に行きたいという衝動に駆られ、思わず両手を目いっぱい伸ばしてみた。だが、届くはずはなかった。

母たちは、ニコニコと手を振って行ってしまった。

あまりの光景に我を忘れ、その場にへたり込み、何度も何度も振り返り、母たちの姿を追っていた。懐かしい母たちを、私は涙にかすむ目に焼き付けた。


思い切って来て良かった。

その時、以前母が夢で言っていたことを思い出した。

「どんなに辛くても、自死は駄目だよ。

命ある限り、人のために生きるんだよ。

お前がこの世に生を享けた役を全うしたら、嫌でも、お迎えが来るからね」

その言葉を胸にしっかりと納め、生きる術（すべ）を教わった私は、母に会いたいという夢が叶って、大満足で下山し始めた。

■運命の巡り合い

登る時の、あの苦しみはどこへ？　私は最初の休憩所までスキップで軽々と下りた。が、さすがに眠気には負け、次の休憩所を待てず、木の根っこにリュックを投げ出し、それを枕に爆睡。

すると、ドスン、ドスン、という登山靴の音。誰かが下りてくる。私は驚いて寝転んだまま、そっと薄目を開けて見渡した。

そこには、三十代くらいの青年が、笑顔で私を見下ろしている。登る時も、部屋でも会ってはいなかったのに。その笑顔が逆に私を怯えさせた。心臓の高鳴りを抑え、急いで身支度を整え飛び起きた。

彼は杖を片手に持ち、歩く時には足を引きずっていた。健康な私でさえ、あれほどキツかった山道を、大きなリュックを背負い、どうやって登ってきたのだろうか。下山はもっとキツいはず。それを思うと彼一人残して下りるのも気が引け、一緒に下山することにした。私は彼を麓まで無事に下ろすことだけに専念し、彼の歩調に合わせ下山した。

「じゃーねー」

彼と麓で別れ、私は預けていた車に向かって歩いていた。

すると背後に人の気配。恐る恐る振り向くと、そこには、今別れたばかりの彼の姿があった。

「どうしたの？」

「実は、僕、訳あって家に帰れないんです。五千円とテントだけ持たされて。もう生きては帰れないと思い、登る前に旅館に泊まり、贅沢をしてしまい、小銭しか残っていないので、おばさんの家の近くまででいいから乗せて行ってもらえませんか？」

と懇願された。私は、「今日は家に帰らないのよ」と嘘をついて断った。

するると突然、公衆電話を見つけた彼は足を引きずりながら走り出した。そして数分で戻ってきて、「小銭しかないので、数分で切れてしまった」と言う。

電話の相手は、彼のお母さんの知り合いで、「息子をこの山に行かせなさい」とお母さんにアドバイスした方だという。彼はそのおばさんに、「下山の途中で、○○さんという人に会い、助けてもらって下山できた」と話すと、「○○さんに会えたら、お前の人生は、それでいいんだ」とだけ言って、切れたと言う。

眉唾ものにも思えたが、理由はどうあれ初対面の私などに話せないほどの訳があるのだろうと察した私は置き去りにもできず、近くまでという条件で、私の家の近くまで、乗せてきてしまった。


秋雨の土砂降りの夜だった。その時、ふと雨に煙る公園に目をやると大小のテントが数張、目に飛び込んできた。これがホームレス生活か？　初めてまじまじと見た。

不安がる彼にテントの張り方を教えてもらうように促したが、私も見届けずに帰る訳にもいかず、二人で恐る恐るテントに近づいて、「すみませーん！　この辺にテントを張ってもいいんですかー?」と聞くのがやっとだった。

　すると、「いいよー」とテントの中から返事が。ホッとしたが組み立て方も分からず、二人でテントをぶら下げ、立ち竦んでいた。すると声の主のおじさんは、私たちを招き入れ、身の上話を始めた。

「俺は家がなくて、こんな生活をしてるんじゃないんだ。長年、都会で働き、田舎の両親に仕送りしてきたが、両親とも、死んでしまって、俺は独身で身寄りもないので、仕事も辞め、自分へのご褒美にと二人用の大きなテントを買い、一生ホームレスでゆったりと老後を生きようと決めたんだ。だから一緒に使えばいいよ。お前のテントは要らないよ」

　と初対面にも拘らず、快く彼を受け入れてくれた。

　その後の彼の話によると、その人は、夜になると空き缶集めをし、朝方換金して千五百円ほどをもらい、ワンカップのお酒と二人分の朝食を、毎日買って来てくれたそうだ。また百円ショップで生活必需品まで準備してくれ、公園の水飲み場で顔や体を洗ったり、薄暗くなるとコソコソと洗濯もしたと言う。

私も何かしてあげたかった。居候の身で、他人の面倒を見るどころではなかった私だが、朝暗いうちにジョギングの振りをし、深々と帽子を被り大きなマスクをして、食材やカレーなどを運んだ。

そんな日々、贅沢なことに彼は昼間の時間を持て余していた。私は、『人の為になる生き方』という本を買って渡した。素直な彼は躊躇することなく、朝晩欠かさず読んでいたそうだ。何かを感じて欲しいと陰ながら思っていた矢先、奇跡が起きた。

ある日、私は彼との連絡を取る方法はないかと考え、貯金箱をひっくり返し、やっと貯めた三千円で、「出世払いだからね」と約束し、プリペイド携帯を持たせた。長年経ったが、未だに返してはくれないなー（笑）。

彼がそれをいじっている時、奇跡は起きた。彼の友人が、田舎を出て都会で不動産屋をしていることを思い出し、うろ覚えの番号を鳴らしてみたそうだ。

繋がったー‼　すると、その友人は訳も聞かずに「ちょうど今日、一部屋空いたところだ。家賃の心配などするな！　すぐ来い」との返事。彼からその話を聞き、ガソリン代にも事欠いている私だが、積めるだけのものを友人たちから調達し、一時間かけて、彼をそのマンションに連れて行った。そこはエアコンも冷蔵庫もついた真新しい部屋だった。

やっと肩の荷が下りた。

と思いきや、荷物の整理中、彼の二の腕に目がいった。小指の爪の先くらいの黒い物があった。

「ほくろ?」

問い質すと、彼の顔は青ざめていったので、訳は聞かなかった。

彼は運の良いことに、その友人に仕事までも斡旋してもらえたが、海外出張の仕事だった。その時の彼は、パスポートを取得することもできなかったため、私の家の同居人とし、申請にも私が行き、彼を見送った。その後、海外で彼の家族の結婚式があり、パスポートがあった彼は出席することができた。

同じ頃、テントに同居させてもらっていたおじさんも、東京で仕事を見つけ、テント生活をやめることになった。

その公園は、テニスコート、野球場、庭園、プールなどがあり、春には桜、秋には紅葉が美しく、銀杏もたくさん採れる、素晴らしい景観の公園だった。そんな所にホームレスが住みついていることに、周辺住民の反対は当然だった。だが行き場を失ったホームレスの人たちは、冬に向かうというのにどうするのか？　私は余計な心配までしていた。

皆の最後を見届けられなかった私は、未だに気になり、通勤途中に車窓から大きな川が見えると、中洲のブルーシートに目がいってしまう。仮にいたとしても、台風や雨や暑さに耐えられるのかなどと気になり、つい覗き込む。

「お前は、困っている人を見ると、寝食を忘れて、どこまでも助けに行ってしまうんだよねー」と生前、母が言っていた。

「父ちゃんの叔父さんも全国行脚中、雪深い東北の地で、自分のおにぎりを半分誰かに差し出した格好で息絶えていたと、聞いたよ。お前も、叔父さんの血を引いてるんだね」

「これを望むに木鶏に似たり」（『荘子』）

私が、居候生活から家に戻った日。私の誕生会で皆がお祝いの準備中、携帯が鳴った。私が山から連れて来たあの彼からだ‼

「今、おばさんの家の最寄り駅にいるんだけど、来てもらえませんか？」と。

懐かしい声に驚き、駅まで小走りで行った。

そこに立っていた彼の変貌ぶりに胸がはちきれそうだった。

濃い茶色のラッピング、真っ赤なリボン、大小二つを宝物のように胸に抱える彼がいた。

彼に私の誕生日など教えたのか記憶にはなかったが、わざわざ来てくれた。改札の内と外で、その包みを一つずつ持ち、乾杯の真似をした。

ある日私は、〝あの山で私と彼を巡り合わせた〟と言った方に訳を聞きたくて、突然思い立って、知人に車で連れて行ってもらった。その地までは四時間もかかった。

着くと、そこは横なぐりの雪が降っていた。

この吹雪の中、よもや外出はしていないだろうと勝手に決め込み、玄関のチャイムを鳴らしてみたが、留守であった。だが私には、その方にどうしても確認したいことがあったため、大好きな武家屋敷や、なまこ壁の町並みを散策して待った。

過去になぜか離れ離れになってしまい、あの山で再会し、私が助けるべきだった人なのか？　と彼の電話の内容を思い出していた。すると突然、その姿が吹雪の中にパッと見えた。目を凝らすと、その姿が消えた。

私は我に返り、街灯を頼りに、また吹雪の中を家に行ってみた。見ると、その方は灯りの下で、全身に雪を被り、手招きをしてくれていた。

その方とは初対面だというのに、私はいきなり抱きついた。すると私の肩を優しく我が子のように擦ってくれる。ただただ涙が止めどなく流れた。

そして案内され部屋に入ると、三十畳ほどの広さの部屋に何かが祀ってあった。

私は開口一番、「○○がお世話になりました」……と、君もつけずに挨拶している自分に驚いた。その意味は長年経った今も理解できず仕舞だ。そして、寸志を渡すと

その方は、

「私も貴女と同じで、困っている人を見ると見捨てられないのヨ。たまたま、見えたり聞こえたりするので、全国どこへでも助けを求める人があると行くのよ。今日は東京に行っていたの。留守にしててゴメンネ。私もお礼は頂いていないんだけど、貴女の気持ちだから、困っている人のために使わせてもらうネ」

と言い、「これは家で作ったお米だけど、美味しいから食べてネ」と、五キロも下さった。

心が洗われ、帰路に就いた私は、連れて行ってくれた知人と、居候させてもらっている友人にお裾分けし、他人から頂いたもので義理を果たした。

私は、彼との貴重な体験を本にして残したいと本人に伝えた日、夢を見た。

そこはとてつもなく大きな海辺の公園。淡い青紫色の可憐なネモフィラの花で埋め尽くされていた。初めて近くで見た私は、感動して見いっていた。すると、その花畑のど真ん中に両手を広げ大の字になって寝転び、空を仰いでいる彼の姿。まるで現実のようにリアルだった。彼には、ネモフィラの花のように綺麗な心で、お世話になった方々の恩を忘れず、生きていって欲しい。
後に、そこが彼の故郷と知った。

「一日生きることは、一歩進むことでありたい」(湯川秀樹)

第八章　捨てる神あれば拾う神あり

■蓮の花

我が家は、ある事情から生活が逆転し、夫が家計の管理を全てすることになり、そのうえ私は自分で働いて収入を得なければならなくなった。

ある日、私は夜勤の仕事を受け、早朝東京に戻った。東京駅で「新幹線乗り場」が目に入った私は、即座に「京都まで往復」とチケットを買った。何の目的もなかったが、夫の元に帰る時間を遅らせたかっただけである。

座席でウトウトしていると、あっという間に京都に着いた。当てもなくブラブラと散策していると、小さな神社に辿り着いた。

入り口には紺のアンサンブルの着物を着た男性が小さなテーブルを置き、椅子に座って何やら本の頁をめくりながら、チラチラと私の方を見ている。目が合ってしまった。もしかして占い？　私は恐る恐る近づいてみた。

「何か悩んでいますか？　早朝だから無料でいいですよ。占ってみますか？」

（まさか無料で？）と思いつつ、当たっていたら払おうと思い、言われるまま、両手を広げた。すると……、

「あなたは蓮の花が好きですか？」と。

驚いている私に追い打ちをかけるように、

「私がこの世で見たことのない、綺麗な色の蓮の花に包まれているネー」と。

この時、この先生は本物だなーと確信できることがあったため、見料は払ってもいいと思った。

私は毎年のように、初夏には実家に帰り、父と近くの田んぼに蓮の花を見に行くことを楽しみにしていた。

父と私はトラックの荷台に乗り、蓮の花をカメラに収め、その写真を家で待つ母と

三人で楽しんでいた。このことがあったため、この先生の占いは当たっていると確信できたのだ。両親の亡き後、実家に遺品整理に行った時、その時の蓮の花の写真が、何十枚も大事にアルバムに貼ってあった。その花が咲く頃は、一人で遠出もした。

そんなある日、テレビでお坊さんが出演する番組があり、誰でも自分を守って下さっている神様がいるということを知った。私には、どんな神様がついていて下さるのか、すごく知りたかったが調べる方法も思いつかぬまま、長い年月が経っていた。だが、今日やっと結びついた気がした。

こんな環境に置かれ恨んでいたが、こんな旅が自由にできるのも夫のお陰だ。私は困った人を見ると後先も考えず、お金や物など勝手にあげてしまうことが多く、夫からすっかり信用を失くしてしまっていたので、自分の生活費は自分で稼いでいたため、逆に時間もお金も自由に使え、出歩けられるようになった。が、私はどこも見学せず、有名な老舗の和菓子を一つ買って新幹線に飛び乗った。

その夜は、夢でもいいから、トラックと蓮の花と父母に会えたらと思い、早く床についた。翌朝、昨夜の夢で実家の菩提寺のお坊さんにも同様のことを、子どもの頃言われたことが再現され、驚いた。

見料を払わなかったからか、私個人の神様の名前は教えてもらえなかったが、大好きな蓮の花に関係があると知っただけで、充分満足した。


ある年の初夏、私は友人三人と蓮で有名な上野の不忍池に行った。園内に入ると、背丈ほどもある大きな蓮が池を埋め尽くしていた。それだけで感動した。だが、見ると花が一輪もないことに気付いた。花の時期も調べてきたのに、写真に収めようにも枯れた花が数本だけ。

「花がない！　どういうことなの？」

ショックを受け、三人で池の縁に座り、ため息をついた。後ろ髪を引かれる思いで、振り向き振り向き、駅に向かって歩き出した。

途中、大きなカメラを肩から下げた男性とすれ違った。私は思わず呼び止め、訳を話した。そして「もし、蓮の花の写真があったら、譲って頂けないでしょうか？」と、お願いしてみた。

すると、その方は快く応じて下さったが、やはり今日は、咲いていなかったとのこと。だが、ションボリしている私たちに、

「昔撮ったのなら、家にあるよ」と言って、送って頂けることになった。すかさず私の住所を書いてお願いした。

だが、毎日毎日、ポストを見たが、何も送られてこない。忘れかけていた九月の初め、出かける予定で準備をしていた時、重い荷物が届いた。食品だったら冷蔵庫にしまう時間もないし、入りきれないかもしれないなどと勝手に思いながら、荷物の差出人を見た。

「キャー!! あの時、蓮の花の写真をお願いしたカメラマンの小林幸男さんからだ」

私は急いで荷物を開けた。

黒い表紙のアルバムには、A4サイズの蓮の花のカラー写真が何十枚と共にほかの花の写真まで入れて下さっていた。私は感動で座り込んで、一枚一枚見入っていた。

すぐにお礼の電話を入れたが、留守電ばかり。

「また、全国にお花の撮影に行ってらっしゃるのかなー」

仕方ない。私は後日、お支払いしようと出かけた。その後も相変わらず連絡が取れず、四、五日後やっと連絡が取れたが、「お礼はいらないよ」と。

こんな奇特な方がこの世にいるのだろうか。

■人間万事塞翁が馬

ある日、私は知り合いの家の食事の準備を手伝っていた。仕事から帰って来たご主人が私を見つけ、

「俺は訳があって田舎を捨ててきたが、俺の命があるうちに両親の墓参りに行きたいんだ。あんた車で連れて行ってくれないかな?」

突然の話に驚き、「軽自動車なので、北の果てまで一人で運転するのは自信がないです」と断った。すると、「普通車を買ってあげるから」と、懇願された。

数日後、ご主人は体調を崩し、末期の肺癌と診断され、すでに手術もできず、あっという間に、この世を去った。

私はあまりの突然の出来事に、お別れにも行けず、塞ぎ込んでいた。すると、奥さんから電話があり、「主人のお骨を拾ってあげて」と。その時の私は悲しすぎて、現実を認められなかった。が、断り切れず伺った。

ショックから立ち直れずにいたそのご主人の四十九日が過ぎ、また奥さんから、すぐ来て欲しいと電話があり、急いでいる様子を察し、訳も聞かずに伺った。

玄関を開けるとそこには紺のスーツ姿の男性がいた。奥さんは私を見るなり、その方に目配せした。男性は、「カチッ‼」と音を立ててアタッシュケースを開け、中に入っていた分厚い封筒を私に差し出し「確認して下さい」と言った。

中身が何か分からぬまま、私は震える手で封筒を開けた。するとそこには、帯封の付いた分厚い一万円札の束が入っていた。驚いた私は、咄嗟に両手を離し、床にドサッと札束を落としてしまった。「なぜ、こんな大金を私に？」と聞くのが、精いっぱいだった。

すると、奥さんは「父ちゃんとあなたとの約束だから受け取ってネ」と。私は「車も買ってないし、お墓参りも行かれなかったので頂けません」と、お断りした。

だが、「私の家族も皆、了解済みなので、気にしないで受け取ってネ」と言う。躊躇している私に、半ば強引に（？）私のバッグに押し込み、「あなたとの約束を守らないと私があちらに行った時、父ちゃんに怒られるからネ」と微笑みを浮かべながら渡された。お返ししようとバッグに手を入れた私の手がブルブルと震えた。

そもそも、これらの出来事のきっかけとなったのは、私が母から生前贈与してもらった大切なお金を、借金苦で泣きつかれた人たちに借用書も取らず無償で貸し、挙げ句の果て踏み倒されてしまったことを、ひょんなことから夫に知られ、夫には関係のないお金だが、その時から家計の管理は夫の下になったことだった。

お金を貸した人たちは皆、早逝し、貸したお金は戻ることはなかった。私の母が大好きだった夫は、母から贈与されたお金を私が貸してしまい、戻らなかったことに、「お母さんに申し訳ない」と腹を立て、その挙げ句、自分の給料も私に渡すのをやめ、私を裸同然で追い出したのだ。

その為に選んだ仕事で、大金まで頂くことになったのである。

■やっちゃん

ある日、友人が今借りているアパートの建て替えのため、五十万円ですぐ出て欲しいという大家さんからの連絡で困っているとのこと。その友人には、夫と受験生である双子の息子、小学生の娘がおり、すぐに引っ越すなんて無理な話であった。

私の知り合いに相談すると、「それは法律違反だから、急ぐ必要はない」とのアドバイスをもらった。だが、友人は大家さんからの「早く出てくれ」という再三の電話に怯えていた。

数日後、大家さんは手術の難しい部位に癌が見つかり、すでに末期で、余命数ヵ月と告知されたとのことだった。大家さんは困って、立ち退きの件を知り合いの通称「やっちゃん」と呼ばれている人に一任したという。やっちゃんは、立ち退きのお礼金欲しさ（？）に毎日のように、友人に立ち退きを迫ってきたという。

困り果てた友人はあろうことか、「姉に一任したので、そちらに行って下さい」と言い、私に了解もなく、突然その話を私に振ってきた。私は姉どころか、その友人より一回りも年下で、赤の他人である。断れば済むことを、同情もあって、私はすぐには断れずにいた。

そのためその話は私が姉ということで進んでいった。双方が当事者でない者同士の展開になっていったのである。

いつの間にか、私が帰る頃になると、見慣れない黒のベンツが家の前に横付けされるようになった。ある日私は（もしや？）と思い、そっとフロントガラスを覗いてみた。中には、白いスーツと黒いサングラスをかけた男性がいた。その男は私に気付いただろうが微動だにせず、余計に怖さが増した。

それが私の日常になった。私は後悔先に立たずを実感していた。家族や近所の人に気付かれないように、細心の注意を払う日々を強いられた。

私はそんな生活も限界になり、ある日思い立って、お墓参りに行き、墓前で頭を地面に着くほど下げて「今、とんでもないことに関わってしまっている私を助けて下さい」と、ご先祖にお願いしてきた。だが、帰るとまた、あの黒いベンツが停まっていた。

私は思い切って車のドアをノックした。立ち退きが遅れているので怖かったが、まさか身の危険などはないだろう。たとえあっても自業自得だと思って、開き直り待った。すると、車の窓が開いて腕が「スーッ」と伸びた。（えっ!! 伸びか？）寝ていたらしい。

私は、周りに人がいないことを確認し、思い切ってベンツの男を家に招くことにして、「どうぞ！」と手招きした。男は、私の後に付いてくる。平静さを保ち歩いていたが、階下で、ふと（怖い）と思った瞬間、私は階段を踏み外した。すかさず手を貸してくれたその男に、つかまるしかなかった。

「ど、どうも」

私は心とは裏腹に作り笑いをして、「大丈夫、大丈夫」と自分に言い聞かせ、その男をリビングへ迎え入れた。

男は名前を名乗ると、私に聞いてきた。

「今日、私に何か強い思いを送りましたか？」と。

私は見透かされたのかな？　と思い、一瞬驚いたが、

「いいえ、別に何も。ただお墓参りに行っただけです。実は私は、○○さんの姉ではないし、この件に関しては関係ないことなので、それを伝えるため、家に上がって頂いたんです」

すると、その男は聞いてきた。

「お墓参りには、何時頃行かれたんですか？」

「お昼休みですけど」

と答えると、すごく驚いた顔をし、こう言った。

「私、今日お昼休みに病院から呼び出され、大家さんが急変か！　と思い、急いで向かい、病室のドアを開けると、いきなり痛いほどの強い力で、何かに押されたんです。個室だから、誰もいるはずがないのに」

それが何だったたか、考える余地もなかった。すると、その時大家さんから、「○○さんの立退料とあんたに渡す礼金を銀行で下ろし、立ち退きの件を終わらせてきてくれないか？」と頼まれたという。

その直後、

「さっき、誰かに私の背中を力いっぱい押され、内臓が飛び出すかと思うほど揺れたんだけど、地震でもあったか？」

と、大家さんが聞いてきた。

私がお墓参りに行っていた時、大家さんとその男の二人に同時に似たようなことが起きていたという。

その時大家さんは本来なら末期の癌で苦しいはずなのに、ニコニコと優しい顔をして、通帳と印鑑を託したそうだ。


次の日、私が帰るといつものベンツの中から手招きされた。近寄ってみると、いつもの男は助手席に座るよう合図した。周りに人がいないことを確認し、恐る恐る私が助手席に座ると分厚い封筒を渡され、「確認してサインを下さい」と言われた。封を開けると、帯封の付いた百万円の束が二つ。

「えーっ、立退料は五十万円と聞いてましたよ」

「だが、大家さんからはこの額を預かってきていますので、受け取って下さい」と。最初の金額の四倍もの二百万円が渡され、サインして終了した。

私はやっとベンツと白スーツとサングラス姿から解放され、自由の身になった。その数日後、大家さんは穏やかな顔をして、息を引き取ったという。

奇しくも、その日、友人は二階建ての一軒家を格安で借りられ、引っ越すことができた。私の奮闘ぶりなど知る由もなく、「ありがとう」の一言で事は終わった。

私は、世間知らずで良かったのか？　普通はこんな大事なことを軽率に引き受けることはしないのかもしれなかった。

私の人生は、友人からも（虐めか？）と思うほどの体験を余儀なくされたが一件落着。ホッと胸を撫で下ろした。

「功成り名遂げて身退くは、天の道なり」（『老子』）
「人の苦しみを見過ごさない」（『菜根譚』一二四）

■別世界の人

私はある日、友人の代理で、大都会の高級有料老人ホームにお住まいの方の身の回りのお世話を頼まれた。

コンシェルジュの案内で最上階へ。ドアのノックと同時にドアが開き、車椅子に乗った女性が姿を見せた。だが、なぜか私の顔を見るなり、ドアを閉めてしまった。私は何が起きたのか理解できぬまま、十分ほど待った。すると、目前にはロングドレスに着替え、鮮やかな緑色のアイシャドウ、長いつけ睫毛、真っ赤な口紅、髪はブロンドのウィッグ……外国の方かと見違えるほど。車椅子なのにその変身の速さに驚いた。私は挨拶もそこそこに、仕事の内容を伺ったが、あまりの光景に、説明が頭に入っていたか定かでない。

そこはコックさん付きの施設なのに、その方の部屋には三台もの小型冷蔵庫があった。冷蔵庫を開けると三台とも、密閉容器にお惣菜やゼリーなどが所狭しと詰まっていた。

依頼された仕事は、密閉容器の中身をいったん全部出し、容器を洗い除菌し、再び中身を入れて場所を変えずに戻すのだという。三時間の契約で、たったそれだけの仕事？ と思いきや、三時間たっぷりかかった。私は水を口にし、一息ついた。

「それが済んだら扉のパッキンゴムの掃除もね」

「ハイ！」と返事はしたものの、何で掃除したらよいか探していると、「流しに天削げあるでしょ！」と、ベッドから声がした。流しに行ってはみたが、私は、天削げなるものを知らず困っていた。

すると、車椅子が私に向かって来た。そして、「これのこと！」と、割り箸を指さした。

「上が削いであるでしょ！ だから天削げ箸と言うのよ。それに濡れティッシュを巻いて拭くのよ。あなた、そんなことも知らなかったの？ 覚えて帰りなさいネ」と。

私は、「忘れないようにメモします」と言い、その場を収めようとした。だが、次の瞬間、墓穴を掘ってしまった。

「あなた、脳みその襞の数どれだけあるか知ってるの？」と、追い打ちをかけるように聞かれ、「知りません」と答えると「一千億以上もあるのよ。さっき天削げ箸のことを忘れないようにメモすると言ったけど、あなたの脳のキャパは、まだまだ使いきれないほど、残ってるのよ。いくらでも覚えられるはずよ。メモなんかいらないのヨ」と。ショックの連続だった。キャパシティの意味くらいは知っていたので、メモはとらなかった（笑）。

私は、九十四歳の方がなぜこんなことまでご存じなのか知りたくて、恐る恐る聞いてみた。すると亡くなったご主人は、日本で開業医をされていたこと。三人の息子さんは、現在アメリカ、フランス、ドイツでそれぞれ開業医をしていると、話しながら本棚に手を伸ばし、分厚い医学書を取り出し、私に脳のカラー写真を見せた。

初めて目にする脳のカラー写真にショックを受けた。そんな私を横目に、アメリカの息子さんに英語で電話をしたり、パソコンで何か注文までしていた。

私の今日の仕事は、軽作業だった。だが、高額を頂き、私の方が授業料を払うべき？　とさえ思った。帰りのエレベーターからは富士山も見えたはずだが、私はそこに目を向けるほどの余裕はなかった。

私は電車に乗ると同時に一時間のアラームをして寝た。なのに、一分前に誰かに起こされた。会ったこともないアインシュタインの夢を見ていた。そう言えば帰り際に奥様から、「トマス・ハーヴェイとアインシュタインの本を読みなさいネ」と、念を押されたことを思い出した。

まもなく自宅の最寄り駅に着いた。私は駅を出て、目の前に大きな図書館があることを思い出し、三冊の本を借り、帰宅するなり、コーヒーを飲みながらパラパラと斜め読みしていたが、気が付くと一時間も爆睡していた。


後日談。

私は数日後、友人に天削げ箸のことを知っているか聞いてみた。すると、十人のうち、二人しか知らず、なぜかホッとした（笑）。

知ったかぶりをして、名前の由来まで教えた。「博識だねー」とまで言われ、一気に疲れがどこへやら。

「知の難きに非ず、知に処するは則ち難し」（『韓非子』）

第九章　私の挑戦

■ボイストレーニング

ある日、私は伝言があったため、友人二人に電話をした。その二人は昔から犬猿の仲であったのに、その時は相談したかのように、

「あなたの話し方は早口で低音で、聞き取りにくいのよ。言いたいことがあるならハッキリ言って!!」

ただの連絡事項だったのに……。

「ゴメンネ、気を付けます」

とだけ言って、電話を切ってしまった。

ショックを受けた私だが二人とは、縁を切る訳にもいかない関わりがあり、親から

も言われずに生きてきてしまった自分が情けなかった。

落ち込んだ私は仕事の帰り、年甲斐もなく、涙しながらスマホで解決方法はないかと、検索してみた。

見つけた‼　それはボイストレーニングという教室だった。私にとっては初耳の情報だった。

だが、今回は同時に二人から言われた。何とかしなければと、真剣に思った。

ある日仕事帰りのバスの中で、予行演習をすることを思いついた。思い切って、乗ってすぐに運転手さんに、「お願いしまーす」と大声で言ってみた。皆の視線が私に向かっているかのように見え、赤面し、心臓が飛び出すかと思った。冷や汗が流れ落ちた。だが、何事もなかったように携帯を見る振りをして下を向く。「ここでやめたら駄目！」と、自分に鞭を打ち、バスを降りる時はもっと大声で、「ありがとうございましたー」と言った。

すると、運転手さんがつられて目を丸くしながら笑顔を見せ、大声で、「ありがとうございましたー」と。悪いことをした訳ではないのに、私は走ってその場を離れ、ビルの陰で大きなため息をついた。

その後、バスの運転手さんが私の行動を家族に話したようで、いつものように大声で言った時、「あのおばさんじゃない?」と、小声で話している子どもたちを見た。恥ずかしいやら、嬉しいやらだった。

虐めと思えた日々よ、サヨナラー。

バスで大声を出す予行演習が功を奏し、ボイストレーニングなどという初めての世界に足を踏み入れる決心ができた。当然ながら怖さもあったが、思い切って震える指で電話をしてみた。

すると、若い男性が大きな声で快く対応してくれて一安心。

「では、明日六時に待っています」

(えっ! 明日?)と、驚いたものの、「はい、よろしくお願いします」と、思わず応えていた。日にちが経つと迷う自分を奮い立たせた。

当日、緊張をほぐすため、手作りのお弁当を差し入れることにした。その日はマンツーマンで発声練習から始まった。しかも防音対策された狭い部屋で。私は固まってしまって、身動きが取れない。やはり、私には無理かなーと、不安の方が勝っていて、「音痴なんで、できそうもありません」なんて言ったりして、その場を逃げたくなっていった。昨日のあの意気込みはどこへ行ったのか。自分が情けなく、帰りたい心境だった。

するとコーチは、「『カエルの歌』を歌うよー」と、私に言った。子ども扱いされたのかとますます不安が増し、声も出せずコーチの陰に隠れるように立ち竦んだ。そして、思い切ってコーチについて小さく声を出してみた。

すると、コーチが「音痴じゃないヨ。この歌で音痴かどうか、分かるんだヨ。大丈夫だから、明日からも楽しみに来てネ」と言われ、一日目は終了した。

思い切って続けようと次の日もバスで大声を出してから、教室に向かった。

初めてのレッスンの帰り道、コーチに言われたことを思い出した。

「明日は『糸』を歌おうネ」と。

私はコーチのお母さんくらいの年齢なので、この曲ぐらいは知ってるだろうと、選曲されたと勝手に思い込んでいた。事実だから認めざるを得ないと思いつつ、近くの公園でユーチューブで聞いてみた。

「あっー知ってる、歌える」

何となく体が知っていたことに驚く。私の年に合わせたのかと思ったが、その時再び注目され、大ヒット再来と知る。楽しくなってきた。

ある時、(本を書きたいという夢があるんです)とコーチに話した。するとコーチは「〝出版記念の会〟に呼んで下さい。歌わせて頂きます」。プロの方に歌って頂けるなんて夢のまた夢だが、密かに待っている私。


「知ることの艱(かた)きに非ず　行うことこれ艱(かた)し」(『書経』)

■携帯の利便性

知り合いが携帯電話の販売の仕事を始めたと聞き、興味津々でお店に見に行った。

公衆電話を探さなくても持ち歩けるという携帯電話に感動し、すぐに申し込み、楽しくて朝から晩まで、あちこちに電話した。

そそっかしい私は、何度も落としたりして故障し修理に出そうとした。すると、「これからは、スマートフォンの時代ですよ。修理するよりスマートフォンにしたらどうですか？」と言われたが、その日はそのことが理解できず修理もせずに帰った。だが携帯がないと不便で悩んだ。

そんなある日、新聞のチラシに、「スマホ教室開催、スマホがない方もどうぞ」とあった。やはりスマホを買わないと仕事にも支障をきたすと思い、その日の仕事帰りに思い切ってスマホ教室に行ってみた。

行ってはみたが、触ることすらできずに固まっていた。言われたことも全く理解できず、「先生‼　先生‼」と連呼した。不安が増すばかりで、ガラケーを修理しておけばよかったと後悔した。初めてのスマホ教室での一時間はあっという間に過ぎ、帰り際に先生が、「今度は、ご自分ので覚えましょう」と言われた。

次の日の仕事帰りに値段も確認せず、十万円を握りしめ、近くの携帯ショップに行った。

「今からスマホ教室に行くんです」と言うと、

「それなら、アイフォンにしたらどうですか？」

アイフォン？　ますます何のことか分からぬまま、先生がついてるからと気を大きくした私は、勧められるままアイフォンを買った。いざ支払いをしようと思ったら、

「今日は現金は要りませんよ」

そのことすら理解できぬまま隣のビルのスマホ教室へ行った。

「アイフォンにしたの？」と先生が驚いたが、私は知らぬが仏状態。それを使って何やら教わったが何の記憶もない。

その時私は、大家族の我が家で唯一アイフォンを買った。使いこなせるはずはないと思われていたかもしれないが、今では何とか使いこなしていると自負している。

知らないことは、すぐ調べないと気が済まない性格と相まって、何でも瞬時に分かることに嵌まっていった。

■トドメの一言

子どもに手が掛からなくなってきたので、私は、昔していた趣味をまた始めようと思った。だが、ある日突然、家庭の事情で私が働くことになった。そのため、せっかく楽しみにしていた趣味の集まりには、なかなか出席できなかった。

諦めかけたある日、やっと休みが取れ、久しぶりに趣味の集まりに行こうと電車を乗り継ぎ、やっと到着。焦る気持ちを抑え、玄関を開けた。

するとちょうど、目の前に先生の姿。私が挨拶しようとした時、開口一番「よくぞ生きてたわねー」と先生が言った。真顔で言われた私は、二の句も継げなかった。

その時、私は（他人の評価で自分の価値を決めるのはやめよう）と思ったが、あまりのショックに辞める挨拶に来たことにして、帰った。

その後、その集まりは先生の病気で解散したと聞く。

「己の欲せざる所は　人に施すこと勿れ
邦に在りても怨み無く、
家に在りても怨み無し」　　（『論語』顔淵）

■新聞投稿

夫の会社では、社員が長男の場合、転勤はないと聞いていた。だがある日、豈図らんや夫に地方への転勤辞令がきた。

この時私は、家がありながら訳あって別居中だった。このまま一生、二重生活を続けている訳にもいかず、悩んでいる時の辞令だった。だが親元から離れて環境が変わることで、夫は精神的にも少しは大人になれるかもしれないと、この転勤に賭けてみた。

一ヵ月後、その転勤先に越した。そこは田畑に囲まれた新築の社宅で、会社や店も見当たらない静かな所にあった。私は多少の期待はしてみたが、案の定、まだ引っ越しの荷物も片付かぬうち、歓迎会や麻雀などと理由をつけて、さっそく朝帰りの復活。毎度のごとく、酔っぱらって新築の社宅に傷をつけたりもした。二軒続きで隣には赤ちゃんもいる。向かいは大家さんで、私は越した早々謝ることばかりで、ほとほと嫌になった。

所詮、変われない人間なんだ。夫は、そう簡単に変わる訳がないことは、重々承知していたが情けない日々。

その時、私は夫など頼らず自分の人生は自分で決めようと思ったが現実、仕事を探すにもバスで町に出ないと何もない。子どももいて遠くには行けない。

悩みつつ、ラジオを聞きながら新聞の求人紙面を見ていた。だが、なかなか条件の合う仕事もなく、諦めかけた時、その新聞に詩や俳句、作文などの投稿欄があることに気付いた。仕事が見つかるまでの暇つぶしに作文でも出してみようと思い立ち、応募してみた。ところが、それがとんでもないことになってしまったのだ。

新聞社から電話があり、「連載でお願いしたいので、写真も同封して下さい」とのことであった。その頃は今のように、個人情報云々などない時代で、新聞には住所も名前も写真も出た。その後も俳句や料理のことなど、いろいろなコラムも悉く載せたいとの連絡が入った。しかも、紙面に掲載された数日後には、「投稿料」という名目で小切手が送られてきて、働きに出なくても楽しんで稼げると勘違いするほどだった。新聞のチラシのクイズやラジオへの応募も悉く当選し、頻繁に商品券や品物が送られてきた。

また、ある時は町内の廃品回収の当番で、ラジオを聞きながら役員さんとリヤカーで歩いていた時、私の名前が流れてきた。その日は私の誕生日で、「バラを百本プレゼント」というラジオ番組の企画に応募していた。手を休め耳をすますと、「お誕生日おめでとうございます。○○市××町のあなたに今から百本の赤いバラをお届けします」と。役員の皆も聞いていた中でのサプライズ。廃品回収を早々に済ませ急いで帰宅した。

すると十分後、顔が見えないほどの、百本の真っ赤なバラの花束を抱えた人がやって来た。私は、家族に見せる前に、大家さんと今日の役員の方たちに十本ずつあげた。皆にも祝ってもらえての幸福な誕生日だった。

「自分で運命を切り開く」（『菜根譚』〇一〇）

■夫の勇気

「出る杭(くい)は打たれる」

私はどこまで虐めが似合う人間なのか。

現在のようにプライバシー保護が一般的でなく、匿名匿住所など必要ない……平和だった時代。下着泥棒に目をつけられた。新聞に載った私に狙いを定めたようだ。

ある雨の夜、庭に敷いてある砂利の上を歩いて、我が家に近づく足音がした。そっとカーテン越しに見ると軒下に干していた洗濯物に手を掛ける姿……。

怖がりの私は、「キャー‼」とさえも言えずにただただ見ていた。角ハンガーの両側にタオルを干し、下着は中央に干していたため下着は見つからず、子どもの服とタオルを抱えて逃げて行く男性の後ろ姿。私は身体がブルブル震えるばかり。遅く帰った夫を待って、今日の出来事を話した。

すると次の日、夫はタオルを三角に折り、いかにも私の下着のように見せかけ、わざと見える位置に干せと言う。その夜、夫はそのハンガーに鈴のついた紐を付け、サッシの端から家の中に持ち込み、電気を消してカーテンの陰に隠れていた。

するとまた昨夜の男性らしき人が近づいてくる足音。ハンガーに手を掛けたことを確認した夫は、紐を引き、ジャラジャラと鳴らし、咄嗟に裸足で飛び出し、その男を捕まえ、警察を呼んだ。

なんと、男は目の前のアパートの若い作業員で、昨夜と同一人物だった。その下着泥棒は捕まったが、私はそれ以来、応募は匿名にし、夜干しもやめた。

結婚以来、夫の勇気を見たのは初めてだ。

「為せば成る為さねば成らぬ何事も
成らぬは人の為さぬなりけり」（上杉鷹山(ようざん)）

■孝行画

ある日、私は歯医者さんの待合室で、額に入った歌麿の浮世絵を見た。実家にいる時、画家の娘だった祖母が、浮世絵を鉛筆で描いてくれた日が甦ってきた。

「私も描きたい」と突然思い立ち、治療が終わると急いで図書館に行き、歌麿の画集を借り色紙も二枚買って、息を弾ませ家に帰った。夕食の用意もそこそこにその絵を見よう見まねで一気に描き、子どもの絵の具で色を付けてみた。ズブの素人が描ける訳はないとは思いつつ。描き終わった時の清々しさは、例えようもない。額に入れてみると、何とか格好がつき、一人ほくそ笑んでいた。

そこで終われない私は次の日、実家に送る荷物の中にそっと絵を忍ばせた。

数日後、その絵を父がいたく気に入り、近所の人に見せて歩いていたと母から聞いた。素人の私の絵なのに赤面。しかも父は、その時たまたま新聞に載っていた伊東深水の絵も描いて欲しいと言っているという。私は画家じゃないんだから、いくら模写でも描ける訳はないと思いつつ、父がそんなに望むならば、出来不出来は別だと思い、離れて暮らす父への親孝行のつもりで、また描いてみた。何とか描き終えた私は、コーヒーを飲みながら満足感に浸っていた。

その時、以前新聞の投稿欄に作文が載った際、新聞社の方から連載で頼まれていたことをふと思い出し、さっそくこのことを「孝行画」と名付けて投稿してみた。

■新聞の力

「孝行画」と名付けた私の作文が、ある日新聞に載った。すると他県の方からもたくさんの手紙やハガキ、電話を頂き、反響の大きさに驚く毎日が続いた。その時まで私は、その新聞の購読範囲が七県にも亘ることを知らなかった。

○ある和尚様

「孝と申すは高なり。天高けれども孝よりも高からず」との言葉を引用し、私の描いた絵に対し親孝行が一番と教えて下さり、「和」という毛筆の書まで添えて下さっていた。
○著名な作家の奥様
　ご主人は自分が目にしたたくさんの戦争孤児のその後の消息が気になり四方八方に手を尽くし、可能な限りの情報を集め、なけなしの貯金をはたき、その子どもたちの体験を本にし、売れるようになったら、雨風を凌げる場所を提供してあげたいと必死だったと言う。

「そんな主人と貴女とは手段こそ違いますが、新聞への貴女の数々の作文や俳句などを拝見した時、（人を喜ばせたい）（人のために何かしたい）という思いは主人と同じだと感銘を受けました。主人の本は出版されましたが、志半ばで亡くなり、孤児の方たちの助けはできず無念だったと思います。貴女の願いはこれからも末永く続きますように陰ながら願っております」

　と、お手紙を頂いた。
○俳句の先生
「こういう感性をお持ちの方なら、俳句の世界でもその能力をぜひ発揮して下さい。

取り敢えず七句作って送ってみて下さい」

とお電話を頂いた。

（まさか俳句をいきなり七句も？）と思いつつ、学生の頃大好きだったことが甦ってきた。

その他にもこんな素人の拙い投稿に、電話やお手紙や書で、生きていく上での大切なことをいろいろ教えて頂き、私は一人ではない、皆に支えられて生かして頂いているのだと、感謝の日々だった。

虐めから始まった私の人生だったが、数々の本や他人からの学びで乗り越えられ、やっと「虐めをありがとう」と言える日が来た。

恩には感謝して、報いて生きよう。

■俳句事始め

俳句の先生に誘われた私は、思い切って挑戦してみようと意気込んだ。だが、ブランクが長すぎ、ネタすら思い浮かばず悩んでいた。そんなある日、大家さんが顔を見せ、ホタルの群生地が近くにあることを知った。俳句の格好のネタだ。

タイミングの良さに驚いた私は、さっそくその夜、子どもを連れ、真っ暗な田畑の中を抜け、その場所に行ってみた。そっと近づくと暗闇の中には夥しい数のヘイケボタルが黄緑色の光を放ちながら飛び交っていた。身を潜めしばらく見入っていたが、その明かりで句のメモを残し、振り向き振り向き惜しみながら、夜道を帰った。

前夜の興奮も冷めやらぬ次の日、家の前の小川でザリガニ、フナ、メダカも見つけ、そこでも一句。土手に登ると夏ススキの乳白色の穂がフワフワと揺れていて、また一句。あっという間に七句が作れた。さっそく先生に送り添削を待つことに。一週間後、ポストを開けて驚いた。先生から句集が送られてきた。

恐る恐る開けて皆さんの句に感激している時、私の句が五つも載っていることを発見した。しかもそのうちの三句が一頁目に選ばれていた。

全くの素人の句に、先生が目を留めて下さったことに驚いた私はその夜、そのことを父に話し、「定年になってもボケないように、一緒に俳句をやってみる？」と、聞いていていてみた。

父は戦争に行っていて俳句の知識などは全くなかったはず。だが、「俺も娘に負けてはいられない」と言い、果樹園の手入れで木に登っていても句を思いつくと、大木に摑まり胸のポケットに忍ばせた紙と鉛筆を取り出し、句を作っていると、母が電話してきた。親子の戦いが始まった。

父の句がある時から何回か先生に選ばれ、句集の前頁に、私の句と並ぶようになった時は鼻高々で、また以前の絵と同様、句集を持って知り合いに自慢して歩いていると母が言う。句集は百冊を超えた。これでまた親孝行の真似事ができて、二人で楽しんだ。

父は、毎月発行される句集をすごく楽しみにしながら句の投稿も七十歳まで、九十歳まで畑仕事もして大家族に百壽の祝いをしてもらい、丹精込めた果樹の花の咲く日前に旅立った。棺には数冊の句集と果樹の蕾を散りばめた。父亡き後も父の句は、『郷土の文芸』として新聞にも何回も載せて頂いた。あちらで喜ぶ父の顔と、寝言でまで句を詠んでいたと知らせてきた時の母の顔も同時に浮かび、親子であったことに感謝する。

「父が亡くなってから三年間、
父のやり方を改めないのは孝行だと言える」（『論語』学而）

追記（後書きに代えて）

夫は今日も主夫業に専念中。

私は大好きな主婦業を廃業し十五年。コロナ禍で仕事も休業中。収入は途絶えたが、出版という長年の夢に向かう時間は充分に与えられた。

私の部屋にはテレビはない。エアコン、パソコンはあるが、光熱費の節約のため、使用不可。

だが、我が家で一番広い南向きの部屋。太陽は燦燦と輝き、近くの公園の大きなソテツの葉が揺れ、私の心を癒やしてくれる。

観葉植物と大好きな本に囲まれての夫婦逆転生活に〝乾杯〟。

そろそろ夕食の用意も済み、お風呂も沸いた頃だろう。私は階下に行く。

「今日のメニューは何だろう？」

想像すらできなかった私の人生。

だが、この数多の虐めというネタがなければ出版などという大それた私の夢は、叶うことは皆無だった。全ては虐めをありがとうの言葉に尽きる。

かつて兄が私に古典や論語の本を送ってくれた。また、父は永年勤続の記念品の七宝焼きの万年筆を私に譲ってくれた。その万年筆で、兄にもらった本を貴重な資料としながら原稿を書き、今ペンを置く。

この本を手に取って下さった方が、私よりマシだと思って下されば幸いである。もし、生き方が見つからなくて苦しんでいたら、私に手助けをさせて頂きたい。それが、私がこの世に生を享けた真の役目だから。

朝(あした)に道を聞かば、夕べに死すとも可なり(『論語』里仁)

令和三年五月

真由

著者プロフィール
真由（まゆ）
昭和23年静岡県出身
趣味：読書、美術鑑賞

虐（いじ）めをありがとう

2021年 9 月15日　初版第 1 刷発行

著　者　真由
発行者　瓜谷 綱延
発行所　株式会社文芸社
〒160-0022　東京都新宿区新宿1－10－1
電話　03-5369-3060（代表）
03-5369-2299（販売）

印刷所　株式会社フクイン

ISBN978-4-286-22815-0